ベストとシャツがはだけられ、白い肌があらわになって、赤くなった乳首をいやらしく尖らせている。

滴る蜜夜の純情

Shitataru mitsuyano junjou ; MICHIKA AKIYAMA

秋山みち花

もえぎ文庫

滴る蜜夜の純情

contents

滴る蜜夜の純情

†

ベッドサイドのスタンドから明るい光が射《さ》していた。

「ああっ、……あ、く……ぅぅ……は、っ……ああっ」

しんと静まり返った室内に、悩ましい喘《あえ》ぎ声が響《ひび》く。

スタンドの明かりに浮かび上がるきれいな顔には、苦しげな表情が浮かんでいた。

ベッドの上で両手両足を投げだし、主《あるじ》はしどけなく横たわっている。

半裸《はんら》のその姿は、まるで祭壇《さいだん》に捧《ささ》げられた美しき供物《くもつ》といった風情《ふぜい》だ。

はだけた絹《きぬ》のパジャマから覗《のぞ》く胸が忙《せわ》しなく上下し、その中で赤く色づいた粒《つぶ》がふたつ、扇情《せんじょう》的《てき》に勃《た》ち上がっていた。

透《す》きとおった肌が興奮《こうふん》で薄赤《うすあか》く染まり、黒髪が額《ひたい》に乱れかかっている。

形のいい唇が半開きとなって、ひっきりなしに甘い吐息《といき》をこぼし、漆黒《しっこく》の瞳《ひとみ》も、今にも泣きそうに潤《うる》んでいた。

滑《なめ》らかな肌を指でなぞっていくと、細くしなやかな身体がさざ波のように震える。

胸の粒をきゅっとつまむと、今度は剥《む》きだしの下腹が大きく波打つ。そして主はいちだんと甘い喘ぎを漏《も》らしながら、身をくねらせた。

「あ、……くっ……ぅ」

すんなり伸びた足の間で、はしたなく勃ち上がったものから、じわりと蜜《みつ》が溢《あふ》れだす。

快感を我慢できない様子に、思わず口元がほころぶ。

だから誘惑《ゆうわく》に負けて、張りつめたものをやんわり握《にぎ》りしめながら羞恥《しゅうち》を煽《あお》る言葉を耳打ちする。

「すっかり、いやらしくおなりですね、寛人《ひろと》様」

「や、めろ……っ、う、るさいっ」

冒涜《ぼうとく》ともいえる言葉を投げつけられて、主は潤んだ瞳でにらみつけてきた。

ぞくり、と背筋が震える。

堕《お》ちそうで、堕ちない。

男の手に身を委《ゆだ》ね、主は半裸で喘いでいる。

勃ちきったものを握られ、胸の粒もいいように弄《いじ》らせて、淫《みだ》らに快感を貪《むさぼ》っていた。

けれど、快楽の淵《ふち》に堕ちてしまうぎりぎりのところで、必死に堪《こら》えている。

どことなく幼さを残す顔で淫らに喘ぐ様は、ひどく倒錯的《とうさくてき》だった。いくら冷静に対処しようと思っても、否応《いやおう》なく興奮を煽られる。

「本当においやですか？　こちらもかわいがって差し上げますよ？」

掠《かす》れた声で呼びかけながら、するりと後孔に指先を滑《すべ》らせる。

「……っ」

びくっと震えた主は、ますます泣きそうに漆黒の瞳を細めた。

しっかり閉じた窄《すぼ》まりを宥《なだ》めるように指の腹で撫《な》でる。

浅くくり返される呼吸に合わせ、張りつめたものにも刺激を加えると、すぐにそこから力が抜けていく。

「ああっ」

ぐっと狭間《はざま》に指をこじ入れると、主はさらに高い声を上げた。

きつい抵抗をものともせずに、根元まで長い指をねじこんでいく。

奥まで届かせた頃には、熱い壁がいっせいにうごめき始めた。

「絡《から》みついてきますよ、寛人様」

「やっ」

はしたなさを暴《あば》く言葉など聞くものか。

主はそう言いたげにゆるくかぶりを振って抵抗する。

片手であやしている中心からは、また新たな蜜を滲《にじ》ませているくせに。

感じているのは隠《かく》しようがない。それでも主は最後まで快感に抗《あらが》おうとする。

「お好きなのは、このあたりでしたね」

そう声をかけつつ、主の一番弱い場所を指の腹で抉《えぐ》った。

「ああっ……ぁ、くっ……ぅぅ」

主は全身をぴんと硬直《こうちょく》させて、ひときわ高い嬌声《きょうせい》を放つ。

中に入れた指もぎゅっと締《し》めつけられた。

もう少し……あと少しで、堕ちる。

誇《ほこ》り高い主が、あとほんの少しで陥落《かんらく》する。

「気持ちがいいのですか？　やはり前だけでは足りないようですね。後ろを刺激しないと達《い》けないなんて、本当に淫らにおなりだ」

「あっ、やぁ、……ああっ」

主は悔しげに首を振るが、もはや快感からは逃《のが》れようもなくなっている。

もっと焦《じ》らして、淫らでかわいい顔を堪能《たんのう》したかった。しかし、そろそろこちらも我慢がきかなくなる恐れがある。

「いいですよ、お好きなところをいっぱい擦《こす》って差し上げましょう。気持ちがよければ、我慢なさることはない。達っていいんですよ？」

「ああっ、……は、ふっ……ああっ……あっ」

甘い声とともに、漆黒の瞳から涙が溢れる。

これでもう主は限界を超える。

狙《ねら》いすましたように、一番感じるポイントを引っ掻《か》く。

「あ、……あぁ……ぅぅ」

主はひときわ強く指を締めつけながら、手の中にどくりと白濁《はくだく》を噴《ふ》き上げた。

熱くとろけた場所からすぐに指を抜くのは惜《お》しい。だが、あまり長引かせるわけにもいかない。

こぼれた残滓《ざんし》を手早く始末《しまつ》して、元どおりにパジャマを着せた。

乱れた髪を梳《す》き上げて、上掛《うわが》けを華奢《きゃしゃ》な肩まで被《かぶ》せる。

これで、夜の儀式はすべて終了だった。

名残惜《なごりお》しいが、これ以上ここに留《とど》まる権利はない。

精一杯《せいいっぱい》の我慢を重ねてベッドから身を退《ひ》くと、顔をそむけた主が切れ切れに声を放つ。

「……嫌い、だ……っ、おまえ、なんか……大嫌いだ……っ」

必死に嗚咽《おえつ》を堪えているかのように掠れた声。

それが耳に達した瞬間、胸の奥がずきりと痛んだ。

けれどその疼痛《とうつう》は、痺《しび》れるような甘さも含《ふく》んでいる。

そして、それこそが毎夜のようにくり返される至福《しふく》の瞬間だった。

思わず主に微笑《ほほえ》みかけそうになり、それを辛《かろ》うじて抑《おさ》えこむ。

そうして静かにスタンドの明かりを消し、最後にもう一度主に声をかけた。

「ゆっくりお休みくださいませ、寛人様」

1

温《ぬく》もりの中にいた一条院《いちじょういん》寛人は、猫のようにゆっくりと四肢《しし》を伸ばした。羽毛《うもう》の肌掛けからはみだした腕に、ひんやりとした冷気がまとわりつく。

深く息をつきながら瞼《まぶた》を開けると、天鵞絨《ビロード》のカーテンの隙間《すきま》から明るい光が漏れていた。

いつもどおり気持ちのよい目覚めだが、寛人はぬくぬくしたベッドにそのまま留まった。

まだ起きるには早い。

朝の儀式がまだだ。

じっと動かずにいると、やがて部屋の外でかすかな物音がする。

続けてコツコツと密《ひそ》やかなノックの音が響いた瞬間、寛人は再び肌掛けの中に潜《もぐ》りこんだ。横向きで四肢を丸め、しっかりと目を閉じて、深く眠りについている振りをする。

静かにドアの開く音。それに続いて靴音《くつおと》が聞こえてくる。床に敷《し》いた分厚い段通《だんつう》が力強い足音を吸収しているが、部屋を訪《おとず》れた男は真っ直ぐ寛人が眠るベッドまで歩いてきた。

「寛人様、お目覚めのお時間です」

耳に届いたのは、鼓膜《こまく》を痺れさせるように魅惑的《みわくてき》な低音だ。思わずぴくりと反応しそうになるのをじっと堪える。

「……」

「寛人様、お時間です。そろそろ起きてください」

「ん……っ」

寛人は今度もあえかな吐息だけをこぼした。

しかし、二度声をかけられて、それを無視すれば、三度目は手が伸びてくる。

「寛人様、遅刻《ちこく》なさいます。早く起きていただかないと」

断固《だんこ》とした声とともに、肌掛けがつかみ取られ、さっと足元まで容赦《ようしゃ》なくめくられた。

寛人は眉《まゆ》をひそめ、思いきり不機嫌《ふきげん》な顔で男をにらみつける。

「……な、にをする？　いきなり布団《ふとん》を剥《は》ぐとは失礼だろう。それにまだ眠い」

「お時間ですよ、寛人様」

今度は一転して、宥めるようにやわらかなトーンで声をかけられた。

しかし言葉が終わらぬうちに力強い腕が両脇に差しこまれ、無理やり上体を抱き起こされる。

「なんだよ。うるさいな」

強引《ごういん》なやり方に、寛人はいっそう鋭《するど》く男をにらみつけた。

逞《たくま》しい長身に黒のフロックコートをまとった男は、一条院家の執事《しつじ》、沢渡高見《さわたりたかみ》だった。

寛人の世話は沢渡の重要な仕事だ。有能な執事は主の好みや癖《くせ》、行動パターンを知り尽《つ》くしており、万事《ばんじ》にそつがない。寛人を完全に起こすと、次には絶妙のタイミングで目覚めの紅茶《こうちゃ》を差しだしてくる。

「さあ、ご機嫌を直して、紅茶をどうぞ。熱いですからお気をつけください」

「うん」

寛人は子供のように頷《うなず》いて、香り高いミルクティーのカップを受け取った。

「昨夜はよくお眠りになれましたか？」

「ああ」

短く答えつつ、紅茶のカップに口をつける。そして、注意されたとおりに少量だけ熱い紅茶を飲んだ。

「今朝のご気分はいかがです？」

沢渡は間近に控《ひか》え、再び訊《たず》ねてくる。

先ほど強引に起こされた時とは違って、いかにも優しげな口調《くちょう》だ。

「別に、いつもと変わりない」

寛人はまた少し紅茶を飲み、それからちらりと沢渡に視線を向けた。

百八十五を楽に超える長身は、ため息をつきそうになるほど見応《みごた》えがあった。黒髪をすっきり整《ととの》えた沢渡は、三十歳という年齢に相応《ふさわ》しい落ち着きに満ち、顔立ちも男らしく整っている。引きしまった口元に高い鼻梁《びりょう》。そして真摯《しんし》な光を宿《やど》す双眸《そうぼう》……。

与えられた仕事を完璧にこなす執事は、その姿も完全無欠《かんぜんむけつ》かと言いたくなるほどだ。

だが寛人は、そんな沢渡に、毎夜のように欲望処理をさせている。

朝、まともに目を合わせるまで時間を要するのも、そこからくる気恥ずかしさが原因だった。

けれど沢渡のほうは、そんなことはまったく覚えてもいないかのように、清廉《せいれん》な雰囲《ふんい》気《き》をまといつかせている。

いつも翻弄《ほんろう》されているのは寛人だけ。沢渡自身はあの秘密めいた行為になんの興味もないのだろう。

強要しているのは自分のほうなのだから、それも仕方のない話だった。

寛人はため息をついて残りの紅茶を飲み干《ほ》した。

目覚めのミルクティーで、少しは頭がすっきりする。

いつまでも、ぐずぐず昨夜の出来事に頭を悩ませてはいられない。

「本日のご予定ですが、大学の講義が、三時限目まで入っております。その後、一度屋敷《やしき》にお戻りいただいてから、本社のほうに顔をお出しください。決済すべき書類が溜《た》まっております」

そばに立つ沢渡がすっと雰囲気を変え、事務的な口調でスケジュールを伝えてくる。

寛人は大学一年で十八という年齢ながら、一条院財閥《ざいばつ》のトップとして、グループ企業の経営にも携《たずさ》わっている。そして沢渡はその補佐《ほさ》も務《つと》めているのだ。

「客とのアポイントは？」

「本日はご予定を入れておりません」

「そうか、それなら、そろそろシャワーを浴《あ》びて着替える」

「かしこまりました」

寛人は飲み終えた紅茶のカップを沢渡に渡して、ゆっくりベッドから立ち上がった。

そうしてゆるくかぶりを振り、沢渡を従えて隣《となり》のバスルームに向かう。

いつもと、なんら変わらぬ一日の始まりだった。

†

「あの、一条院君」

講義を終えて廊下《ろうか》に出たとたん、背後《はいご》から呼び止められる。

寛人は、にこりともせずに振り返った。

その姿は非常にバランスがよくほっそりとしている。そしてさらりとした髪が縁取《ふちど》る寛人の顔は、どんな者でも一瞬、はっと見惚《みと》れてしまうほどきれいに整っていた。

肌が白く、輪郭《りんかく》から眉や鼻、唇といったパーツも、精緻《せいち》に作られた人形のように美しい。中でもくっきりとした漆黒の瞳が印象的だった。

服装は上品な紺《こん》色のスーツ。ネクタイはなしで白いスタンドカラーのシャツという組み合わせだが、シンプルな装《よそお》いは寛人の美貌《びぼう》をさらに引き立てる要素となっていた。

「なんですか？」

寛人が感情のこもらない冷《ひ》ややかな声で応じると、メタルフレームの眼鏡《めがね》をかけた男子学生は、びくりとすくみ上がった。

見るからに文系といった雰囲気の学生だが、一七二センチの寛人より、相手はよほど背が高い。何をそう恐れることがあるのかと、肩をすくめてしまいそうになる。

しかし、これは何もその学生に限ったことではなく、寛人とまともに向き合った者の多くが見せる反応だった。

一条院寛人の第一印象を訊ねると、ほとんどの人間が「近寄りがたい」と答えるだろう。

何故《なぜ》なら寛人はただの大学生ではなく、日本でも有数《ゆうすう》の名門、一条院家の当主という肩書きも持っているからだ。一般の学生から見れば、それこそ寛人は雲の上の存在で、最初から住む世界が違う。

しかし、寛人と一度話をする機会を得ると、近寄りがたいという印象は様々に変化していくようだ。自分ではほとんど無自覚だったが、寛人には人を惹《ひ》きつけてやまないカリスマ的な魅力《みりょく》がある。どうやら、皆がその虜《とりこ》となってしまうらしい。

中には、寛人を神か英雄《えいゆう》のように崇《あが》める者までいた。遠巻きに眺《なが》めるだけで、脳内でくだらぬ妄想《もうそう》に耽《ふけ》る者もいる。そして、どういうわけか寛人を孤独《こどく》だと勘違《かんちが》いして、自分だけが寛人を助けられるのだと思いこむ者も。

これはかなり厄介《やっかい》な部類だろう。妄想に駆《か》られ、実力行使に出るやつのほうがましかもしれない。こっぴどく撃退《げきたい》してやれば、あとは大人しくなるからだ。

声をかけてきた学生は、そのうちどれに当たるのだろうかと、寛人は三度呼吸をくり返す間だけ、次の言葉を待った。

学生はもじもじと頬《ほお》を赤らめているだけだ。

これ以上は時間の無駄《むだ》。寛人は早々《そうそう》に見切りをつけて、その学生に背を向けた。歩きだした直後、後ろで大きくため息をつかれるが、もう知ったことではない。

しかし今日は厄日《やくび》だったのか、校舎《こうしゃ》の外に出ると、今度は前方から女子学生の集団までが押しよせてくる。

「一条院君、待ってたの。今日こそいい返事をお願いね」

「みんな、一条院君が来るのを、すごく楽しみにしてるんだから」

女子学生ばかり六人のグループだった。皆、かなり容姿《ようし》のレベルが高い。土台がそこそこの者も化粧《けしょう》とファッションでうまく乗り切っているという印象だ。

自分たちに絶対の自信を持っている人間というのは、寛人には扱い易《やす》い部分もある。しゃべるだけしゃべらせてから、やんわりと彼らが納得するような理由で断りを入れてやれば済むからだ。

寛人は困ったような顔で、ひとしきり彼女たちの誘《さそ》いを聞いていた。そして、口を挟《はさ》む隙を見つけて、ため息混じりに呟《つぶや》く。

「とても残念なんだけれど、ぼくはしばらく身体を空《あ》けられそうにない。今ちょっと会社のほうが大変な時期で……」

憂《うれ》いがちな寛人の表情を目の当《ま》たり《あ》にすると、六人グループはいっせいに頬を染めて、どぎまぎし始める。いっぺんに寛人への同情心を煽られたのだろう。

「そうよね、寛人君は私たちと違って、勉強だけじゃなく、仕事もやらなくてはいけないのよね」

「ほんと、忙しいと思うけど、頑張《がんば》って」

「あの、私たちにできることがあれば言ってね。そうそう、バイトとかいるようだったら、協力できるかも」

「あら、そうよね。一条院グループって、超一流企業な上に業績《ぎょうせき》トップを驀進中《ばくしんちゅう》でしょ？　エリートサラリーマンとか多くて、ステキかも」

話が完全に脱線《だっせん》し、きゃあっと場が盛り上がる。

寛人は頃合いを見計《みはか》らって、静かにその場から歩み去った。

世の中そんなに甘いものではないだろうと思うと、彼女たちには同情も覚える。

今はまだ一年生だからそれでいい。のんびりできる時にちゃんと人生を謳歌《おうか》すべきだ。もう二年もすれば、彼女たちは就活《しゅうかつ》という困難《こんなん》に立ち向かわなければならないのだから。

寛人が父に代わって一条院の総帥《そうすい》となったのは、二年ほど前のことだ。

父は体調不良を理由に、今はいっさいの仕事から手を引いている。若い看護師《かんごし》を連れて世界中の保養地を巡《めぐ》り歩くという悠々自適《ゆうゆうじてき》の毎日を送っていた。

そして父のあとを継《つ》いだことによって、寛人のほうは個人的な生活とは無縁《むえん》となったのだ。

高校までは有名私立に在籍《ざいせき》していた寛人だが、大学は最難関《さいなんかん》と呼ばれる国立に入学した。政財界《せいざいかい》の子息が多く通うエスカレーター式の学校で友人を作るのは、将来一条院の事業にとって有益な人材とのネットワークを作るため。そう言われていたのだが、国立に入学したのも、同じような理由からだ。

国内最高峰《さいこうほう》といわれる大学には、成績優秀、つまり頭のいい学生が集まっている。官僚《かんりょう》を目指す者も多いので、今のうちに手懐《てなず》けておけということだろう。

将来を見越して友人を選べと用意された環境だったが、あいにく寛人は高校大学を通じても、腹を割って話せる者をひとりも見つけられなかった。

幼い頃から財閥当主となるべく特別の教育を受けてきたせいか、まわりにいる学生は幼稚《ようち》に見えてしまう。ほんの少し難しい話題を振っただけで、皆がとまどい、まともに反論してくる者さえいないのだ。

いずれにせよ、寛人にとって大学に通うことは暇潰《ひまつぶ》しだった。

それに、校内にいる時だけは、沢渡の目を気にせずにいられる。

寛人が迎《むか》えの車が待機《たいき》する駐車場《ちゅうしゃじょう》に歩いていくと、本日三回目に呼び止めてきた者がいた。

「寛人、今、帰りか？」

「脩司《しゅうじ》さん！」

ぽんと気軽に肩を叩かれ、振り返った寛人は驚きの声を上げた。

ここにはいるはずのない、意外な人物が立っていたからだ。

バランスのいい長身に、しゃれたデザインのジャケットを着ているのは、寛人の又従兄弟《またいとこ》、一条院脩司だった。脩司は完璧と言っていいほど秀麗《しゅうれい》な顔立ちで、明るく色を入れた髪を首筋当たりまで伸ばし、そこらのモデルなど到底《とうてい》及ばないほど華《はな》やかな雰囲気を持っている。

「久しぶりだな、寛人」

「どうしたんですか、急に？　いつ、日本へ？」

寛人と脩司は、祖父《そふ》同士が兄弟という関係だった。

一族は様々な会社を経営し、グループ企業を成《な》している。一条院グループにおいて、脩司の父親も当然その一端《いったん》を担《にな》っており、北米《ほくべい》に拠点《きょてん》をおいている。寛人より七歳年長になる脩司は、父親をサポートするため、普段はニューヨークで暮らしていた。

しかし、脩司が日本に帰ってくるという連絡は受けていない。それに本社ではなく、わざわざ大学に顔を見せたのも不可解だった。

寛人を驚かせたことで、脩司は満足そうな笑みを見せる。

「成田《なりた》から直接こっちにまわったんだ。かわいい我が又従兄弟殿に、一番に会いたかったからな」

「そうなんですか」

呆《あき》れ半分に答えると、脩司は寛人の頭に手を当てて、くしゃくしゃと髪の毛を掻き混ぜてきた。

「ほんと、おまえは相変わらずかわいいな、寛人」

「脩司さん、ぼくはもう子供じゃありません。いくらなんでも、かわいいはやめてください」

寛人は首を振って脩司の手から逃れ、しっかりと釘《くぎ》を刺した。

しかし年上の又従兄弟はこれぐらいでめげたりしない。今度は腰をかがめてまじまじと顔を覗きこんでくる。

「そうか？　かわいいがいやなら、美人になったと言い直すか？」

「脩司さん、冗談は……」

「いや、しばらく会わないうちに、おまえは本当にきれいになったな。全体的に華奢な輪郭で、肌は透きとおるように白いし、鼻や口の形も申し分ない。極《きわ》めつけはその黒目がちの瞳か……美人には慣れている俺でも、うっかりすると、惑《まど》わされそうだな」

「何、言ってるんですか、脩司さん」

不覚にもかすかに頬を染めてしまった寛人は、虚勢《きょせい》を張るように顎《あご》を反《そ》らした。

それでも脩司はかまわず、その赤くなった頬を撫でてくる。

「そういう反応をするところが初々《ういうい》しくてかわいいんだ」

「もう、ほんとにやめてくださいよ、脩司さん」

寛人は脩司の手をやんわりと自分の顔から遠ざけた。

この人は昔からこうだった。七つも年上のくせして、子供っぽいのは脩司のほうだろうと思う。

ほかにも年の近い親戚《しんせき》たちはいるが、本家の子供は特別視されることが多く、あまり一緒に遊んだ記憶《きおく》がない。遠巻きにする者が多い中で、脩司だけは何故か寛人をかまいたがったのだ。

「おまえの亡《な》くなったお母さんもきれいな人だったぞ。おまえが美人なのは、その血を継いでいるせいだな。今のおまえの雰囲気、ますます似てきた」

「ぼくは母の顔を覚えてませんから」

母という言葉を聞いて、寛人は我知らず固い声を出した。

母を亡くしたのは寛人がまだ三歳の頃だ。面影《おもかげ》などまったく覚えていない。それなのに写真に写っている人が母親だと言われても、実感はあまりなかった。

「そうだったな、だが、そうやってすぐに拗《す》ねるところは、いつまで経《た》っても子供でかわいいぞ」

「拗ねる……？」

寛人は訊《き》き返したあとで、小さくため息をついた。

取っつきにくいと言われる自分をつかまえて、性格がかわいいなどと口にするのは脩司ぐらいだろう。

けれど反対意見を述《の》べたところで無駄なことは、長年のつき合いで証明されている。ニューヨークで育ったせいか、脩司はかなりマイペースな人間で、いったんこうと思いこんだら、ほかの者が何を言おうと主張を曲《ま》げたりしない。

こんな時はさっさと話題を変えるに限ると、寛人は脩司の帰国目的を訊ねた。

「脩司さん、今回はどうして日本に？　予定を聞いていなかったので、驚きました」

「おまえに会いに来ただけさ」

「本当にそれだけでわざわざ？　何か大事な用があったのでは？」

「おいおい、何を疑《うたが》っている？　そうやってなんでも一条院の仕事に結びつけるのは悪い癖だぞ、寛人。久しぶりにおまえの顔が見たくなったから、ニューヨークから飛んできた。素直に信じろ」

脩司は寛人の頭をひょいと抱《かか》えこんでにっこり笑う。そのまま脩司に押される形で肩を並べて歩きだした。

「それなら屋敷のほうに来てくださればよかったのに」

「屋敷や本社じゃ、あれの監視《かんし》が厳《きび》しいだろう？　あんなのに見張られながらおまえに会っても、息が詰まるだけで面白《おもしろ》くない」

脩司が「あれ」などと言ったのは、沢渡のことだった。

さすがに大学構内には入ってこないが、寛人のそばには常に沢渡がついている。そして沢渡と脩司は昔から何故か、天敵《てんてき》同士のように仲が悪かった。

「おまえ、今日はこれから青山《あおやま》に行くつもりだったのか？」

「はい、いったん着替えに戻ってからですが」

青山には一条院グループの本社ビルがある。大学の授業が終わってから本社に顔を出すのは、寛人の日課《にっか》となっていた。

「着替えって、そのままで充分だろ？　どこがおかしい？」

脩司は眉をひそめて、寛人の頭から爪先《つまさき》までを点検する。

確かに寛人はネクタイをしていないだけで、そうくだけた格好でもなかった。脩司の派手《はで》なジャケットに比べれば、こちらのほうがむしろ会社向きだとも言える。

脩司の批判的《ひはんてき》な顔に、寛人はやんわりと答えた。

「この格好では学生っぽすぎて、侮《あなど》られるかと思います」

「それなら、なんで最初からビジネス用のスーツを着てこない？」

「それだと大学では浮いてしまうので」

寛人が言い訳をすると、脩司は心底《しんそこ》呆れたように両手を広げた。

時と場所を考えて服装を選ぶ。ただそれだけのことなのだが、脩司には恐ろしく無駄に思えるのだろう。

「ま、いいさ。とにかく本社に行く前にお茶でも飲もう。車で来たから一緒についておいで」

脩司は再び馴《な》れ馴《な》れしく寛人の肩を抱きよせ、やや強引に先へと進んでいく。

「脩司さん、ちょっと待ってください。そんな急には予定を変えられません」

「ほんのちょっとお茶を飲むだけだぞ？」

「でも、沢渡が待っているので」

呟いたとたん、脩司は足を止め、いやそうに顔をしかめた。

「寛人、沢渡はただの世話係だろう。いちいち気にすることはない」

「……」

寛人は答えようもなく、内心でため息をついた。

事はそう簡単ではない。

沢渡は父の命を受けて、寛人を二十四時間管理しているも同然だった。公私共々《こうしともども》毎日決められたとおりに寛人を動かすことを使命としているのだ。

そのため大学の行き帰りにもリムジンを使う。それが決まりで、今も沢渡は駐車場で寛人を待ちかまえているはずだ。

「とにかく、四六時中《しろくじちゅう》沢渡と一緒にいる必要はないだろ。おまえが言えないなら、俺が断ってやる。任せておけ」

脩司は軽く言って、再び歩を進めた。

白線が引かれた駐車場には様々な種類の車が停《と》まっていた。全部で百台は並んでいるだろう。

大学の関係者から学生たちまで使う駐車場なので、地味なセダンや廃車寸前《はいしゃすんぜん》のボロ車、そしてお坊《ぼっ》ちゃまやお嬢《じょう》様の乗る派手めのスポーツカーなどが混在していた。

その中からすーっと静かに黒塗《ぬ》りのリムジンが近づいてくる。そして当の沢渡は、最初から車外で寛人が来るのを待っていた。

「お帰りなさいませ、寛人様。お久しぶりでございます、脩司様」

沢渡は慇懃《いんぎん》に長身の腰を折った。

モデルばりのスタイルを持つ脩司よりさらに上背《うわぜい》があって、黒髪をすっきりと整えている。執事という職務にこだわる沢渡は、いつもながら黒のフロックコート姿で隙がない。そして完璧に整った男らしい顔には、妙にその格好が似合っていた。

「沢渡、寛人を連れていくぞ」

脩司はろくに挨拶《あいさつ》もせず、沢渡に先制攻撃《せんせいこうげき》を仕掛けた。

脩司はそのまま寛人の手を握って前へ進み始める。しかし沢渡はすっとその脩司の前に立ちはだかった。流れるような動作だが、主筋《しゅうすじ》の脩司に対しても、有無《うむ》を言わせぬ断固とした行動だ。

「申し訳ございません、脩司様。寛人様にはご予定がございます。せっかくのお誘いで誠に申し訳ございませんが、事前にその旨《むね》、ご連絡いただかないと」

沢渡は圧倒的《あっとうてき》な威圧感《いあつかん》を示しながら、冷ややかに言い切った。

執事は一条院家の使用人にすぎないが、一歩も退かない構えだ。

脩司のほうもさすがに一条院の一族だけあって、すかさず沢渡のウィークポイントをつく。

「使用人がいちいち口を出すことじゃない。そこをどけ、沢渡」

「申し訳ありません、脩司様」

沢渡は口元に笑みさえ浮かべて脩司に対峙《たいじ》する。

「主家《しゅけ》に逆らう気か、沢渡？」

「お言葉ですが、私の主は寛人様、おひとりでございます」

「なんだと？」

脩司は剣呑《けんのん》な目つきで沢渡をにらみつけた。それでも沢渡には退く気配がない。

あくまで相容《あいい》れない態度に、脩司は沢渡から目を離して寛人を振り返った。

「やはり、こいつとは話が合わん。行くぞ、寛人」

脩司は実力行使とばかりに、寛人の手を握ったままで、沢渡のそばをすり抜けようとした。

だが沢渡は、その脩司の腕をつかみ上げて行く手を阻《はば》む。

「……立場をわきまえろ、沢渡」

脩司は力任せに沢渡の手を振り払った。だが、沢渡はものともせずに、また脩司の腕をつかむ。

「申し訳ございません。ですが、寛人様にはご予定が」

「おまえ、本気で俺に逆らう気か？」

相当力を入れられたものか、脩司が呻《うめ》くように言う。

脩司は一族の中でもエリートと目《もく》されているひとりだ。学生時代から頭脳明晰《ずのうめいせき》で、スポーツ全般もこなしていた。当然、プライドも高い。それが執事風情に行動を止められたのだから、脩司が感じた屈辱《くつじょく》は相当なものだろう。

これ以上、争わせるのは得策《とくさく》じゃない。

瞬時にそう判断した寛人は、すっとふたりの間に割りこんだ。

「沢渡……脩司さんの手を離せ。ぼくは脩司さんと一緒に行く。口答えは許さない」

身長差があるため、沢渡の顔を見上げなければならなかったが、寛人は毅然《きぜん》と命じた。主は自分。沢渡は使用人。その差を明確にするために。

視線が絡み、その場の空気が緊張《きんちょう》で張りつめる。

けれど、寛人が譲《ゆず》らずににらみつけたままでいると、すうっと沢渡が視線を落とす。

「かしこまりました、寛人様」

沢渡は何事もなかったかのように脩司から手を引いて、再び深々と腰を折った。

寛人は胸の内でほっと息をついた。

脩司は腹立たしげに舌打ちし、沢渡など最初から存在しなかったかのように横をとおり抜ける。

寛人はまだ腰を折っている沢渡を一瞥《いちべつ》してから、脩司のあとを追った。

脩司の車、シルバーメタリックのポルシェに乗りこむ時に、再び沢渡に声をかけられる。

「行ってらっしゃいませ、寛人様。お気をつけて」

脩司はドアを閉めたと同時に、苛立《いらだ》たしげに車を発進させた。

そして、見送る沢渡の姿が小さくなった頃、眉間《みけん》に皺《しわ》を寄せて毒づく。

「寛人、あいつはいつもあんな調子か？　まったく、何様のつもりだ」

寛人は受け流すように淡《あわ》い笑みを浮かべて、助手席のシートに背を沈めた。

クビにできるものなら、自分だってそうしたい。

けれど沢渡は、前当主だった父がわざわざ寄越した執事だ。今はグループの総帥となった寛人だが、父の意向を無視するわけにはいかなかった。

それに沢渡と寛人の間には、単なる雇用《こよう》関係では割り切れない繋《つな》がりもある。

沢渡が本気で憎い。

しかし、だからと言って、沢渡を手放す気もない。

そう、憎んでいるからこそ、そばにおく。

寛人にとって、沢渡高見はそういう存在だった。


「さてと、せっかく抜けだしたんだ。どこへ行く？　東京では今、どこが話題になっている？　行きたいところがあれば、どこでも連れてってやるぞ」

快適に車を飛ばしながら脩司が訊ねてくる。

「脩司さん、ぼくは別にどこでも……、でも一時間ぐらいが限度です。それ以上だと、書類に目をとおす時間がなくなってしまう」

「おまえは、ほんとに真面目《まじめ》だな。まだ大学生のくせして、今からそんなでどうするんだ？　少しは遊べ。息抜きぐらいしろよ」

「そんなこと言って、脩司さんだって、ぼくぐらいの年齢の時には、もう北米で重役になってたじゃないですか」

突っこみを入れると、脩司が軽く肩をすくめる。

一条院に生まれ、得をしたと思ったことはない。今の時代、名家の名に甘えているばかりだと、すぐに財産など食い潰してしまう。代々築いてきたものを守り、優雅《ゆうが》にやっていきたければ、それなりの努力が必要だということだ。脩司もそれをよくわかっているのだ。

もともと寛人は遊びにはさほど興味がなかった。しかし、言われたとおり、自分には少し息抜きが必要かもしれない。

時間に制限をつけたせいで、結局大学と本社のちょうど中間に位置するオープンカフェでお茶を飲むだけになった。

秋も深まっていたが、晴れた午後で陽射しが暖《あたた》かい。

脩司と向かい合って席につくと、近くをとおりがかったＯＬたちが皆、はっと息をのむように眺めていく。どこから見ても洗練《せんれん》された脩司と、華奢でまだ少年っぽくはあるが、美貌の寛人。ふたり一緒にいるだけで、充分に人目を引く。

注文したエスプレッソが運ばれてくると、脩司がふっと何気なさを装って言う。

「寛人、おまえ、沢渡をどこまで信用している？」

ストレートな問いにどきりとなり、寛人は眉をひそめて脩司の表情を窺《うかが》った。

脩司は繊細《せんさい》なデミタスカップに口をつけ、優雅にエスプレッソを飲んでいる。

「どういうことですか？」

真意を測《はか》りつつ、静かに訊ねると、脩司は飲み干したカップをテーブルに戻し、じっと見つめてくる。やけに真剣な顔をしているのが、かえって気になった。

「二年前、伯父《おじ》さんのあとを継いでおまえが総帥になった時、一条院が分裂《ぶんれつ》しかかったことを覚えているか？」

「もちろんです。ぼくでは幼すぎると、脩司さんを推《お》す派閥《はばつ》があって……」

「ああ、寛之《ひろゆき》さんさえ生きていれば、なんら問題はなかったんだがな。高校生のおまえじゃ、さすがに早すぎるって意見が多かった。だが、それを強引に押し切って、おまえを総帥の座につけたのが沢渡」

「は、い……そうですね」

寛人は胸に鋭い痛みを感じながら、辛うじて頷いた。

誰よりも慕《した》っていた兄、寛之が突然事故で亡くなってから、もう八年という時が流れた。けれど、あの夜の悲しみと悔しさはいまだに生々《なまなま》しく覚えている。

幼くして母を亡くし、忙しい父を持った寛人には、あの当時、兄の寛之だけがすべてだった。

その兄は、雪の降りしきる夜、交通事故を起こしてこの夜を去ったのだ。

そしてあの事故以来、常に寛人のそばには沢渡がいる。

あの日の苦痛を思いだし、沈みこんでしまった寛人に、脩司も一瞬つらそうな表情を見せる。

けれど脩司はそのあと優しげに微笑みかけてきた。

「寛人、悪い。つらいことを思いださせてしまったな。俺はおまえのことを大事に思っている。

二年前におまえと総帥の座を争ったのも、まだ高校生のおまえに負担《ふたん》をかけたくなかったからだ。

しかし、おまえも今では立派に一条院をまとめている。俺にはもうおまえと対立する理由はない。

それは、わかるな?」

「もちろんです」

寛人は素直に頷いた。

後継者争《こうけいしゃ》いといっても、騒《さわ》ぎの中心は当事者ではなく、それに連《つら》なるまわりの人間たちだった。

結果として対立する形にはなったものの、寛人にとって、脩司が気を許せる数少ない人間であることに変わりはなかった。

「そう言ってくれてほっとしたぞ」

「当たり前じゃないですか。脩司さんは大切な又従兄弟だ」

寛人は淡い笑みを向けた。

すると脩司がふいに真剣な顔つきになる。

「寛人、それを踏《ふ》まえたうえで話を元に戻す……沢渡は危険だ。そばに近づけすぎるな」

「脩司さん……？」

思いがけない言葉に、寛人は真意を窺うように脩司の顔を見つめた。

もしかして脩司は、沢渡に対する自分の気持ちを知っているのだろうか？

一番そばにおいて、何もかも委ねながらも憎んでいると……。

いや、そんなはずはない。沢渡と自分とは、外から見れば完璧な信頼関係を築いているように映《うつ》るはず。何よりも沢渡は、一条院の中でも極めて優秀な男としてとおっている。

「あれは怖い男だ。切れ者すぎる。気を許せば、いずれ一条院はあれに乗っ取られるかもしれない。だから、今のうちに沢渡を切れ」

「……！」

寛人は思わず息をのんだ。

沢渡が自分を裏切る？

まさか、そんなこと、あるわけがない。

一条院は明治時代の初期に貿易業《ぼうえきぎょう》を始め、今ではホテル業や飲食業などを含む巨大なグループとなっている。しかし経営の中心はあくまで創業者《そうぎょうしゃ》一族が握っていた。

寛人が弱冠十六歳の高校生の身でありながら、一族の総帥となり、グループの最高責任者に収まったのは、そういう背景があってのことだ。

総帥となって二年。会社経営のノウハウを一から叩きこまれたのも沢渡からだ。

だが、沢渡はもっと前……そう、兄の寛之がまだ生きている時から、近くにいた。

何よりも、寛人が一条院のトップになることを強く推したのは、ほかならぬ沢渡なのだ。

けれど、脩司の指摘も間違ったものではない。

表面上、沢渡と寛人は完璧な主従《しゅじゅう》関係を結んでいた。しかし、沢渡との間には、一番肝心《かんじん》なものが欠けている。

寛人は思わず笑いだしそうになりながら、強くかぶりを振った。

「脩司さん、忠告をありがとうございます。でも、ぼくは今のところ沢渡を信用します。沢渡をそばにおくのは父の意向ですし、何より……今、あれに裏切られたら、ぼくは一条院でまともにやっていけなくなる」

明るく言ってのけると、脩司はやれやれといったようにため息をつく。

「寛人、おまえには俺がついている。俺がしっかりサポートしてやるから、心配することは何もないぞ」

寛人はしばし黙《だま》って又従兄弟の表情を窺った。

脩司の本音《ほんね》はどこにあるのだろうか。

迂闊《うかつ》にすべてを信用するほど、自分は子供ではない。一族の者の本音を引きだすのは、いつだって至難《しなん》の業《わざ》だ。

「そうですね、心に留めておきます」

結局寛人は曖昧《あいまい》な返事を返すだけに留めた。

脩司のほうもそれ以上深追いせずに、にやりとした笑みを浮かべる。

「じゃ、そろそろ行くか。遅くなると困るんだろ?」

「はい、お願いします」

話を打ち切った脩司に、寛人はほっと息をつきながら席を立った。


カフェを出たあと、再び脩司の車に乗って、青山の本社を目指す。

脩司は駐車場には行かず、メインロビーの車寄せに直接ポルシェを停車させた。

脩司がロックを解除した直後、外から助手席のドアが開けられる。

「お待ちいたしておりました、寛人様、脩司様」

当然のような顔をして出迎えたのは沢渡だった。

日常の世話だけではなく、沢渡は一条院の本社で寛人の秘書も務めている。すでに上質なダークスーツに着替えていた沢渡は、どこから見てもエグゼクティブといった印象だ。

「まるで、コスプレだな」

毒づいた脩司の言葉は的《まと》を射《い》ている。

寛人はくすりと忍び笑いを漏らして車を降りた。

沢渡のほかにも十人ほどのスタッフが寛人と脩司を迎えに並んでいる。

社屋《しゃおく》は十二階建て。さほど大きなビルではないが、一年前に建て替えたばかりだ。真新しいビルはどこも美しく、設備も最新のものが入っていた。

脩司はほかに寄るところがあると言って再び車に戻り、寛人は沢渡の先導《せんどう》で最上階へ向かう。

いつものことながら、途中で出会う女性スタッフは皆、沢渡を見て恥ずかしげにまぶたを伏《ふ》せる。沢渡を好《この》ましい恋人候補、あるいは結婚相手として見ているのだろう。

容姿が整っているという点においては、寛人も負けてはいないはずだが、残念ながら女性たちの関心は薄い。寛人では若すぎるし、また住む世界が違いすぎて相手にならないのだ。

最上階の専用オフィスにつくと、沢渡がすぐに口を出してくる。

「寛人様、まずは着替えを」

やはり、大学へ行った時の格好ではいけないと言いたいらしい。

「別に、いいだろ？　今日は人に会う約束もなかったはずだ」

さっき脩司には逆のことを言ったのに、相手が沢渡だとどうしても素直になれない。

「寛人様、一条院の総帥ともあろうお方が、自《みずか》らそういうだらしないことをなさるのは、いかがなものかと思いますが……」

言葉尻はやわらかでも、皮肉たっぷりの言い様《ざま》だ。

寛人はすばやく沢渡をにらんだが、こんなところで抵抗を続けても、不快さが増すだけだ。

「こちらへどうぞ」

沢渡は充分に寛人の心中《しんちゅう》を察しており、僅《わず》かに口角《こうかく》を上げただけで続き部屋のほうへと誘導《ゆうどう》する。

そこはホテルの一室のような造りとなっているプライベートルームだった。充分な広さがあって、仮眠を取るためのベッド、着替えを収めたクローゼット、シャワールームも完備している。

沢渡は静かにクローゼットを開けて、寛人の着替えを取りだした。

ベッドのそばに突っ立ったままでいると、すぐに沢渡の手が伸びてジャケットとシャツを脱がされる。

沢渡の手で着替えさせられるのはいつものことだ。大人しくなすがままになっていると、沢渡がすっと床に片膝《かたひざ》をつく。

「先に靴をお脱ぎください」

沢渡はそう言いながら、寛人の足首と靴を押さえた。

身体がぐらつかないように、沢渡の肩につかまると、順に靴を脱がされる。

沢渡の手はそのあとベルトへと伸びてきた。

いつものことではあるが、さすがにスラックスを脱がされる段になると、急に羞恥に襲《おそ》われる。

だが沢渡の肩から手を離せば、バランスを崩《くず》すだけだ。

寛人は肩につかまったままで、顔だけそむけた。

「片足ずつお上げください、寛人様」

「うん……」

順にスラックスを足から抜かれ、代わりを穿《は》かされる。

沢渡が立ち上がった時、寛人はふうっと詰めていた息を吐《は》きだした。

そのあと、クローゼットから出された真新しいシャツを羽織《はお》らされ、ひとつひとつボタンが止められる。

沢渡の手は力強く大きいが、指は長くて形がいい。その沢渡の手が器用に動く様子を、寛人は淡々《たんたん》と見つめていた。

シャツのボタンを留め終わった沢渡は、スラックスに裾《すそ》をたくしこんでベルトを締める。そして次にはネクタイを手にした。

そのネクタイが形よく結ばれる間、寛人はまたじっと息を詰めていた。沢渡の顔が真正面にあると、いやでも緊張が増す。

「さあ、寛人様、腕をとおしてください」

最後に上着を着せられて、ようやく着替えが終了する。

だが安堵《あんど》の息をつく暇もなく、再び沢渡が寛人の正面に立った。

「なんだ？」

ふいを突かれたようで、つい声が強ばる。

寛人が一瞬動揺《どうよう》したことを知ってか、沢渡はくすりと笑うように口元をゆるめた。

「髪が少し乱れていますね」

ポケットから櫛《くし》を出した沢渡は、寛人の頬に手を添えて上向かせる。

髪に櫛をとおされている間、寛人の心臓《しんぞう》は大きく音を立てたままだった。

夜には淫らなことをさせているのに、こうした何気ない接触で羞恥を覚える。

こんなことでは、よけい沢渡に侮られてしまう。

しかし、寛人が払いのけるまでもなく、沢渡の手はすぐに離れていく。

「さあ、寛人様、お仕事のほうが溜まっております」

「わかっている」

寛人はふいっと沢渡から目をそらし、オフィスへと戻った。

窓際《まどぎわ》に据《す》えたデスクにつくと、すぐに沢渡が書類の束《たば》を持ってくる。

「寛人様、こちらの書類に目をおとおしください」

さりげなくデスクの上に置かれた束は、ゆうに三十センチ以上の厚みがあった。

目をとおすだけでも、どれだけ時間を要するかわからない分量だ。

「これ、全部か？」

「はい、急ぎのものだけ揃《そろ》えておきました」

そっけなく答えた沢渡に、寛人はつい恨《うら》みのこもった目を向けた。

いつも以上に量が多いのは、さっき脩司と一緒に遊んできたせいだろう。

「無理だ。いっぺんにこんな多くはチェックできない」

冷笑《れいしょう》を浴びせられるのを覚悟で文句を言うと、案《あん》の定《じょう》、沢渡が皮肉っぽく口元を歪《ゆが》める。

「そうですか？　いつもの寛人様でしたら、時間どおりに終わらせられる量のはずですが……仕方ないですね。残るようでしたら、お屋敷のほうに持ち帰りましょう」

嫌味なやり方に、寛人はくっと唇を噛《か》みしめた。

これぐらいの仕事はあっさりこなすのが当然。さぼった寛人のほうが悪い。沢渡はそう言わんばかりだ。

だが、ここで音《ね》を上げるわけにはいかない。

「わかった。全部やればいいんだな」

寛人はきっぱり言い切って、猛然《もうぜん》と書類に向かった。

沢渡は満足げに頷いて、隣に用意してあるデスクにつく。そしてパソコンのモニターに向かって自分の仕事をやり始めた。

屋敷ではぴたりと寛人のそばについて世話をやく執事。そして会社では寛人を完璧にサポートする秘書。

いや、沢渡は秘書などという枠《わく》には収めきれない仕事量をこなしている。誰よりも経営に精通《せいつう》し、常に的確な判断を下す。先代の意向を受けて寛人に経営のみならず、帝王《ていおう》教育をほどこしたのも沢渡だ。

寛人の生活は、すべて沢渡にコントロールされていると言っても過言《かごん》ではなかった。沢渡なしでは何事にも支障をきたす。一心同体《いっしんどうたい》ともいうべき密接な関係が、互いをがんじがらめに縛《しば》っているのだ。

明るいオフィスで黙々《もくもく》と書類に目をとおしていると、時折《ときおり》沢渡あてに電話がかかってくる。寛人あての連絡であっても、まずは秘書課をとおし、それから沢渡がさらに相手を厳選《げんせん》して、ようやく取り次がれるというシステムになっていた。

「寛人様は、ただ今、決済用の書類に目をとおされているところでございます……」

何気なく耳を澄ますと、すっぱりとは断れない相手なのか、沢渡がそこで言葉を切っている。

「……かしこまりました。それでは……」

沢渡は保留ボタンを押して、すっと自分の席を立つ。そして寛人のデスクのそばまで移動して、今度はそのデスクの受話器を取り上げた。

「脩司様からです。どうしてもと、おっしゃっておいでです」

淡々と言って受話器を差しだした沢渡だが、寛人に向けた眼差《まなざ》しには、皮肉っぽい光が射している。

さきほど一緒に遊んできたばかりなのに、まだ足りないのかとでも言いたげな様子だった。

寛人は黙って受話器を受け取った。耳にあてると少し焦《あせ》ったような脩司の声が飛びこんでくる。

『寛人、仕事中に悪いな。さっきの件なんだが、ちょっと急いだほうがよさそうだ』

「何かトラブルでも？」

『ああ、そうだ。取りあえず沢渡を遠ざけられるか？　話を聞かれたくない』

「……わかり、ました」

寛人はそう答えて、そばに立つ沢渡を見上げた。

「席を外《はず》せ」

短く命じると、ほんの一瞬、沢渡が片眉を上げる。

脩司となんの密談《みつだん》を交わすつもりかと、問いたげな様子だが、それを寛人は無言ではねつけた。

幸《さいわ》いにも沢渡はそれ以上反論せず、静かに部屋を出ていく。

寛人はほっと息をついて、受話器の向こうの脩司に話しかけた。

「どうぞ、今はぼくひとりです」

『一応確認するが……寛人、おまえ、沢渡に縁談《えんだん》があったのを知っているか？』

「縁談？　いいえ、そんなことは知りません」

寛人はどきりとなりながらも即座《そくざ》に否定した。

『そうか、やっぱり隠してるみたいだな。沢渡に縁談を勧《すす》めているのは、大叔母《おおおば》らしいんだが。問題は相手なんだ。一条院とはライバル関係にある、さくらホテルチェーンのオーナー令嬢《れいじょう》だ』

「さくらホテルチェーンの令嬢？」

寛人は機械的にくり返した。

そんな大物が相手ならば、単なる憶測《おくそく》というわけではないだろう。

沢渡が結婚する？

ちらりと想像しただけで、寛人は目眩《めまい》に襲われそうだった。

『大叔母も困ったことをしてくれる。日本にいる連中は、やはりどこかのんびりしているな。おい寛人、聞いているか？』

「は、い……」

『何せ相手が競合他社だ。沢渡は、裏で何か画策《かくさく》していると思っていいだろう。俺が聞いた話だと沢渡は大叔母に、この縁談のことはしばらく寛人には内緒《ないしょ》にしてくれと口止めしたそうだ』

「口止め……？」

寛人は呆然《ぼうぜん》となった。

縁談があったことだけでも驚いたのに、沢渡がそれを隠そうとしているなど、にわかには信じられるはずもなかった。

だが、脩司は寛人の動揺には気づかずに淡々と話し続ける。

『いいか、寛人。三日後、大叔母が催《もよお》すパーティーがあるだろう。沢渡はそこで正式に先方と顔を合わせるらしい。そのパーティーには俺も行く。やつがどういうつもりでいるのか、現場で問いつめてやるつもりだ。おまえも気を抜くなよ』

「わかりました」

寛人は辛うじてそう答え、電話を切った。

沢渡を憎んでいる。

憎みながら、ずっとそばに置いてきた。

その沢渡が結婚するかもしれない？

胸の底から噴き上げてきたのは怒りだった。

沢渡が何故、縁談のことを内緒にしていたのか、それはどうでもよかった。

それよりも……。

寛之兄さんを殺したくせに、自分だけ幸せになろうとでも言う気か？

そんなことは絶対に許せない。

絶対に許してはならなかった。

2

一条院家は日本でも有数《ゆうすう》の名家。都内にある屋敷は、昭和の初期に建てられたアール・デコ風の洋館だった。

華美《かび》な装飾《そうしょく》は控えめになっており、どっしりと落ち着いた外観となっている。内装なども当時のままで残してあるが、設備だけは最新式となっていた。

十二月に入ってまもなくの頃、珍《めずら》しく東京で雪が降った。底冷《そこび》えのする日で、日中から降っていた雨が雪に変わったのだ。

その日、一条院の屋敷では大きな事件が起きていた。

外の冷気に反して、屋敷内は快適な暖かさを保っている。しかし、その快適な屋敷の二階では激《はげ》しい言い争いが響いていた。

「いやだ！　絶対にいやだ！　兄さんがいなくなるなんて、絶対にいやだ！」

十歳になったばかりの寛人は大声で泣き叫びながら、ひとまわり年長の兄に抱きついた。

品のいいブルーのセーターを着た寛人は年より幼くて、かわいい顔を涙でぐしゃぐしゃにしている。

幼い弟を抱き留めた寛之のほうはすでに二十二歳。一条院グループで父の補佐を務め始めたところで、後継者としても皆の期待を集めている身だった。

「寛人、ごめん。だけど、兄さんはもう決めたんだ。この屋敷から出ていくと」

「なんでだよ？　どうして？」

寛人は兄のスーツの裾をぎゅっと握りしめて、胸に顔を押しつけた。

寛之は困ったように泣き続ける弟の頭を撫でている。

「寛人、聞いてくれ。沢渡佑子《ゆうこ》さんのこと、寛人も知っているだろう？」

「佑子、さん？」

寛人はしゃくり上げつつも、こくんと頷いた。

兄には沢渡という親友がいる。同じ高校、大学と進み、今も一条院で兄と一緒に働き始めた男だった。沢渡は学生の頃、家庭教師をしてくれていたので、寛人もよく知っていた。

その沢渡がある日、この屋敷に連れてきたのが佑子というきれいな女の人だ。

「佑子さんのこと、寛人も好きだっただろ？　ぼくはその佑子さんと結婚の約束をしたんだよ」

寛之は根気《こんき》よく寛人の髪を撫でながら説得を続ける。

けれど寛人には、それがどうして兄が屋敷で出ていくことに繋がるのか、さっぱりわからなかった。

「兄さんと結婚するなら、佑子さんがこの屋敷に来ればいいじゃないか」

寛人は子供らしく、ストレートな言葉をぶつけた。

しかしその瞬間、兄の秀麗な顔には悲しげな表情が浮かぶ。

「寛人、ぼくは佑子さんが大好きだ。だから彼女と結婚するつもりなんだけど、残念なことに、父さんやほかの親戚の人たちが皆、この結婚には反対なんだ」

「反対？　どうして？」

「寛人はまだ小さいから、わからないだろうけど、一条院家では、本人の意思だけで結婚は決められないんだよ……父さんや叔父《おじ》さん、叔母さんたちは、兄さんにはほかの人と結婚してほしいと思っている」

「だったら、ほかの人と結婚すればいいじゃないか」

寛人は拗ねたように言った。

佑子と結婚するために、兄が屋敷を出ていくなら、自分だって父と同じ意見を言う。

カーテンを開けたままの窓には、ひらひらと舞う白い雪が映っていた。けれど、部屋の中は充分に暖められている。

こんな天気の悪い日に、わざわざ外に出ていくなんて、間違っているとしか思えない。

寛之は分厚い絨毯《じゅうたん》に片膝をつき、寛人の華奢な身体を抱きしめてきた。

寛人も思いきり、兄にしがみつく。

生来《せいらい》身体が弱かったという母は、寛人が三歳の時に亡くなっていた。きれいなお母様でしたよと、皆が言うけれど、寛人はまったく顔を覚えていない。

そのうえ父は厳格《げんかく》で、少しも甘えさせてくれない。屋敷にはほかにも大勢使用人がいたけれど、皆、屋敷のお坊ちゃまだから優しく接してくれるだけで、寛人が本当に欲しいものは与えてくれなかった。

物心がついた頃から、寛人には兄の寛之だけがすべてだったのだ。

兄さんはきれいでかっこよくて、何をやっても優秀で、自分を目一杯《めいっぱい》甘やかしてくれる。学校では一条院の子供だからと遠巻きにされ、友だちなんかひとりもできなかった。だから、兄が屋敷からいなくなるなどということは、寛人には到底受け入れられなかったのだ。

この大事な兄さえそばにいてくれるなら、ほかには何もいらない。

「寛人、ごめん。ぼくはほかの女の人とは結婚できない。佑子さんを愛してるんだ」

「やだよ、兄さん！　それなら、ぼくとその佑子さんなら、どっちが大事？　ねぇ兄さん、ぼくのこと大好きだって、いつも言ってくれてるでしょ？」

「寛人のことは大好きだよ。ぼくのたったひとりの弟なんだから」

「だったら、結婚はやめてくれるよね？　兄さんにはぼくが一番なんだから、ずっと屋敷にいるって約束してよ」

寛人は子共特有の我《わ》が儘《まま》を、弱りきっている兄に押しつけた。

「寛人、あのね……あ、ちょっと待って。きっと沢渡からだ」

寛之はそう言って、すっと立ち上がり、スーツのポケットから携帯を取りだした。

じっと見上げていると、焦ったような声で話し始める。

「……ああ、わかってる。今、出るところだ……雪？　ああ、こっちもだよ。だけど、これぐらいなら大丈夫だろう。電車を使って途中で立ち往生《おうじょう》するよりましだ」

話は長引いて、寛人は不安な気持ちのままであたりを見まわした。

ここは兄の部屋だ。大好きな兄の物で溢れている。

ふと、クローゼットの前に置かれた大きな旅行鞄《かばん》が目に入った。その上には白いコートが掛けられている。

あれは兄のお気に入りのコートだ。

旅行の用意が調《ととの》っているのを見て、寛人はぞっとなった。

兄さんは本気でこの屋敷から出ていく気だ。

絶対に止めなきゃ。今、止めないと、きっと、もう二度と兄さんに会えなくなる。

寛人は不安に駆られ、また兄の腰に腕をまわしてしっかりとしがみついた。

「……ああ、佑子さんには待っていてくれるように伝えてくれ……寛人がちょっとぐずってるんだ。ちゃんと言い聞かせたら、すぐにでも車を出すよ……ああ、わかった。気をつける。それじゃ、あとで」

兄は携帯を切って、元どおりポケットに仕舞いこんだ。

寛人は今聞いたばかりの話を胸の内で復唱《ふくしょう》した。

――ちゃんと言い聞かせたら、すぐにでも車を出す。

言い聞かせる？

誰に？　もしかして、自分に？

それなら、もし自分が言うことを聞かなければどうなるのだろう？

ちらりと窓の外を見ると、雪が徐々《じょじょ》に本降《ほんぶ》りとなっていた。

もっともっと雪が降れば、きっと車が出せなくなる。それぐらいは子供でもわかることだった。

だったら、兄を引き留める方法はひとつしかない。

「兄さん！　ぼく、絶対にいやだからね！」

寛人は素早く決意を固めて叫んだ。そして、ぱっと寛之の元からクローゼットの前へ向けて走りだす。

「寛人！　どうした？」

兄が驚いて声をかけてくるが、寛人はかまわず旅行鞄に飛びついた。

上に載《の》せてあったコートを床に落として踏みつける。それから重い鞄を床に倒した。

鍵《かぎ》は掛けていなかったらしく、鞄はすぐに蓋《ふた》が開く。

寛人は夢中で中身を引っ張りだして、そこら中に投げ散《ち》らかした。

旅行の用意が台無しになれば、兄さんもすぐには出ていけなくなる。そのうち、どんどん雪が積《つ》もってしまえば、車だって出せなくなるのだ。

「寛人、よせ！　悪戯《いたずら》するな！」

慌《あわ》てて駆けよってきた兄は懸命《けんめい》に寛人を押さえにかかった。だが寛人は死《し》に物狂《ものぐる》いで暴れまわり、果《は》ては兄の手にもがぶっと噛みつく。

「痛っ」

小さく呻いた兄は、次の瞬間、本気で暴れる寛人を抱きすくめてきた。

「いやだ！　絶対にいやだ！」

「寛人、大人しくしろ！　頼むから暴れるな」

「やだ、やだ、やだ――っ！」

寛人は渾身《こんしん》の力を込めて兄を突き飛ばした。

兄の白い手の甲《こう》に、赤い血が滲んでいる。自分が噛みついた痕《あと》だと思うと、はっとなったけれど、ここで大人しくするわけにはいかない。

兄を止められるのは自分だけなのだ。

兄の腕から抜けだした寛人は、次のターゲットを花瓶《かびん》や時計に決め、端《はし》から床の上に落としてまわった。

「寛人、お願いだ！　ぼくはもう行かないといけないんだ」

何度言われても、寛人は止まらなかった。

自分さえ納得しなければ、兄は出ていかない。そして時間が経てば、車が出せなくなる。

その一念《いちねん》だけで兄の手を振り切り、懸命に暴れまわった。

父はいつもどおり帰りが遅い。夜も遅くなり、住みこみの使用人も皆、自室に引き揚《あ》げている。

静まり返った邸内《ていない》で、この部屋にだけ嵐が訪れていることに気づく者は誰もいなかった。

ひとしきり暴れまわったところで、寛人は肩ではぁはぁ息をつきながら、必死に兄をにらみつけた。

兄はすっと寛人の前まで近づいてきた。

部屋の隅《すみ》にいた寛人は、逃げ場を見つけられず、追いつめられてしまう。

「寛人、聞きわけてくれ。兄さんはここから出ていくけど、必ず寛人に会いにくる。だから、な？」

寛人はふるふると首を左右に振った。

「そのうちって、いつ？　明日？　明後日？　一週間後？　それぐらいなら、兄さんが出張に行くのと変わんないからいいよ。でも、違うよね？」

兄は困ったように整った顔をしかめる。

やっぱり、すぐなんて嘘なんだ。

一度出ていけば、今度いつ会えるかわからない。もしかしたら、ずっと会えないままになってしまうかもしれない。

悲しみが胸に迫《せま》り、寛人はどっと涙を溢れさせた。

暴れまわったせいで、もう精《せい》も根《こん》も尽き果てている。かくんといっぺんに膝が折れ、寛人は床の上にぺたりと座りこんだ。

「に、兄さん、なんか……ひっく……き、嫌いだ……っ、ぼ、ぼくのこと、捨ててくんだろ？　すぐ会いに来るなんて、嘘だっ……も、二度と、ここに帰ってこないくせに……っ」

兄はこれから、結婚相手の佑子という女性と毎日暮らす。

だから、その人が兄にとって一番大切な人になって、自分のことなど、どうでもよくなるのだ。

「寛人、そんなに泣かないでくれ。寛人に泣かれると、兄さんはほんとに困るんだ。気になって、いつまでも出発できない。寛人、お願いだから泣きやんで、兄さんを行かせてくれ」

兄は泣きじゃくる寛人を再び抱きしめた。

背中にも胸にも兄の温《あたた》かな体温を感じるけれど、身を切られるような寂《さび》しさが消えない。広い世界でたったひとりきりになってしまったかのような心細さだった。

涙があとからあとから出てきて、兄のスーツがぐしゃぐしゃになる。

「き、らいだ……嫌い……だ……み、んな、嫌いっ……に、兄さんも、佑子さんも、みんな嫌い」

寛人はそれだけをくり返し、もうすぐいなくなってしまう兄にしがみついていた。

そんな時、また兄の携帯の音が響く。

「沢渡？　……ああ、遅くなったけど、もう出るところだ……え、雪？　……いや、雪だからって、今さらやめられないよ。今日中に行かないと、身動きが取れなくなる……ああ、心配しなくても大丈夫だ。ガレージを探せばチェーンもあるだろう……ああ、そうだ。佑子さんとな」

泣き疲れた寛人はぼんやりと、そんな話を聞いていた。

そして、携帯を切った兄が、とうとう寛人から手を離して立ち上がる。

もう止めても無駄なことはわかっていた。

「ごめんな、寛人」

兄はふわんと寛人の頭に手を置いて、あとは一度も振り返らずに歩いていく。

途中で床に落ちていた、お気に入りの白いコートだけを取り上げ、寛人がぶちまけた荷物は一瞥しただけで、そこに残していった。

ふと窓の外を見ると、雪がまたひどくなっていた。すでに窓枠《まどわく》や木の枝にも雪が積もっている。

寛人は唐突《とうとつ》に不安に襲われた。そして反射的に兄を追って屋敷の外まで走り出た。

ガレージは広い庭を突っ切った先にある。雪で濡れるのもかまわずに駆けよると、兄がちょうど愛車を出すところだった。

庭はすでに五センチほどの雪が積もり、一面が真っ白になっている。

「兄さん、雪！　危ないからっ！　兄さん！」

寛人は必死に叫んだ。

けれど、兄は暗がりにいた寛人には気づかず、勢いよく車を発進させる。

チェーンを装着する暇も惜しんだのか、ノーマルタイヤのままで、寛人の目から見ても危ない感じがした。

「兄さ――ん！」

門から出ていく車を追いかけて、寛人は懸命に走った。けれど、いくらも行かないうちに、雪で滑って転んでしまう。

冷たく濡れた雪の中で四《よ》つん這《ば》いになって、テールライトが遠く霞《かす》んでいくのを見送る。

そして、それが兄に会った最後となった。


夜半過ぎ――。

兄を引き留められず、濡れた服のままベッドでうとうととしていた寛人は、乱暴にドアをノックする音で目を覚ました。

眠い目を擦っていると、使用人の案内で背の高い男が室内に入ってくる。

ベッドから下りた寛人は、男の姿を見てぞっとなった。

「寛人君……」

そう言って、飛ぶように近くまで走ってきたのは、沢渡だった。

頭からぐっしょり濡れているうえに、ベージュのコートには血の痕までついている。幽鬼《ゆうき》のような姿に恐怖を覚えたが、寛人は、じろりと沢渡をにらみつけた。

この男がそそのかしたせいで、兄さんは出ていった。きっとそうに違いない。そうでなければ、出かける前に、あんなに何度も電話がかかってくるはずがなかった。

「何しに来たんだよ？　兄さんは？」

問いかけたとたん、寛人は骨が折れそうなほどの勢いで抱きすくめられた。

「痛い……っ」

呻き声を上げても、沢渡の腕の力はゆるまない。それどころか、いっそう強く抱きしめられる。

「寛人君……君の……君のお兄さんは……寛之は、事故で……亡くなった」

言われた言葉があまりも馬鹿馬鹿しくて、寛人は笑いそうになった。腹の底から沸々《ふつふつ》と怒りも湧《わ》いてくる。

「何、言ってるの？　そんなことより、先生と佑子さんが兄さんを連れてったんでしょ？　ぼくから兄さんを取るなんて、ひどいよ。早く返して！」

寛人は広い胸から逃れようと、必死にもがきながら言い募《つの》った。

本当は少し状況が違う。兄さんは自分から出ていった。でももう、そんなことはどうでもよかった。

「聞いてくれ、寛人君！　君のお兄さんは、車で出かけて……事故に遭《あ》ったんだ。車が雪でスリップして、トラックに！　……最後に連絡した時、俺がもっと注意していれば、寛之は……！」

沢渡は呻くように言いながら、ますます寛人を強く抱きしめる。

寛人は懸命に身をよじって、沢渡の腕から抜けだした。

「そうか、先生は兄さんに頼まれて来たんだろ？　ぼくが泣いてるから慰《なぐさ》めろとかって……兄さん、自分で来られないから、代わりに先生をよこして……」

寛人は必死に言葉を紡《つむ》いだ。

何か言っていないと、不安で不安で仕方がなかった。そういえば、こんな夜中に沢渡が訪《たず》ねてくるなんて、変だ。

「ごめん……寛人君……俺が……俺が……っ」

沢渡は顔を歪め、嗚咽を堪えるように歯を食い縛っている。

こんな沢渡は初めてで、寛人はさらに不安を煽られた。

「だって、兄さんはさっき、すぐに戻ってくるからって……出て、いって……だから……っ」

「兄さんは、もういないんだ……事故で、亡くなったんだよ」

寛人はまた沢渡につかまった。苦しいほどに抱きしめられる。

事故？　兄さんが？

そんな馬鹿なこと、あるはずがない。

沢渡の腕の向こうに窓が見えた。

暗《くら》い空からはまだ雪が舞い落ちていた。先ほどまでの勢いはなくなって、ふわりふわりと落ちている。

寛人の目には、その雪が、真っ白な天使の羽根のように見えた。

寛人が兄の事故死を完全に認識したのは、告別式が行われた日だった。

事故のあった雪の日から数えて、三日目。からりと晴れ渡った晴天《せいてん》で、雪などもうどこにも残っていなかった。

一条院家の跡取《あとと》りが亡くなったのだ。菩提寺《ぼだいじ》には政財界からも大勢の弔問客《ちょうもんきゃく》が訪れ、溢れるほどだった。

げっそりと憔悴《しょうすい》した父のそばに、寛人は終始《しゅうし》無言で影のように付き従っていた。親戚の大人が誰彼《だれかれ》となく寄ってきたが、寛人はハリネズミのように刺々《とげとげ》しく撃退した。

兄が死んでしまったなど、信じられるはずがない。だから、口先だけで可哀想《かわいそう》にという大人は誰も信じられなかった。

長い読経《どきょう》が終わって、遺体《いたい》となった兄と最後の別れをする場面になる。

花に囲まれた兄はうっすらと微笑んでいるようだった。

でも、兄はもう二度と目覚めない。二度と名前を呼んでくれないし、抱きしめてもくれなくなってしまったのだ。

寛人はたまらなくなって視線をそらした。

すると何故か、すぐそばにいた沢渡と目が合う。

長身の男は、あの雪の日と同じように、悲しげな眼差しで寛人を見つめていた。

その刹那《せつな》、今まで堪えに堪えてきた怒りが爆発《ばくはつ》する。

自分から兄を奪《うば》った者に対する純粋《じゅんすい》な憎悪《ぞうお》が胸の奥から湧き上がってきた。

「兄さんを殺したのは、おまえだ！　おまえが兄さんを殺した！　おまえがいなければ、兄さんは死ななかったんだ。返せ！　今すぐ兄さんを返せよ！」

寛人は込み上げる怒りのままに、沢渡を指さして叫んだ。

大勢の人間が見守るなかで糾弾《きゅうだん》された沢渡は、驚いたように目を見開いた。しかし、次の瞬間には、自分の罪を認めたかのように視線を落とす。

寛人は勝ち誇ったようにたたみかけた。

「やっぱり、おまえだ！　おまえが兄さんを殺したんだ！　ぼくは絶対に許さない！　おまえを一生許さないからな！　……んうっ、は、離せよっ、や、あいつが……あいつが、兄さんを殺したんだから……っ」

喚《わめ》いた寛人はすぐに親戚の誰かに取り押さえられた。手で口を塞《ふさ》がれて、無理やりその場から連れだされる。

大人にひょいと抱きかかえられた寛人は、最後にちらりと喪服《もふく》を着た女性と目が合った。

黒のワンピース姿の女性は細い首に真珠《しんじゅ》のネックレスをつけていた。真っ白なハンカチを握りしめ、耐えられないように涙をこぼしている。

あれが沢渡佑子だ。兄が結婚すると言っていた……。

そして、相変わらず悲しげな顔をした沢渡が、佑子を庇《かば》うように肩を抱きよせている。

でも、あの人はどこにも怪我《けが》をしていない。

死んだのは……ぼくの兄さんだけだ。そして兄さんはもう二度と戻ってこない。


数日後。

何をする気力もなく、自室でぼんやりしていた寛人の元に、また沢渡が顔を見せた。

しかし、今日の沢渡は何故か、いつも以上にきちんとした感じのダークスーツを着ている。

使用人に案内されて部屋まで来た沢渡を、寛人はきつくにらんだ。

「何しに来た？」

反射的に咎《とが》めた寛人に、沢渡は何故か深々と腰を折る。

寛人は呆《ほう》けたようにそんな沢渡を見つめた。

しばらくして、顔を上げた沢渡がかすかな微笑《びしょう》を浮かべる。

「お父上のご要望で、今日より私が寛人様の教育係を務めさせていただくことになりました。寛人様の執事も兼任《けんにん》させていただきます」

「教育係……？　執事？　なんで、おまえが？」

寛人は呆然と呟いた。

沢渡は、寛人から兄を奪った憎むべき男だ。

それなのに、どうして教育係などになる？

「お父上のご命令です」

「なんで、おまえなんかが！」

「ご長男の寛之様がお亡くなりになられた今、一条院を継ぐのは寛人様です。一条院の後継者に相応しいお方になるよう、寛人様を教育せよ、というのがお父上のご希望です」

沢渡の印象は、今までとは百八十度変わっていた。こんな丁寧《ていねい》な言葉遣いをするのも初めてだ。

寛人は急に苛立たしさに襲われて、再び沢渡に噛みついた。

「なんで人殺しのおまえなんかが執事になるんだよ？　お父さまだって、おまえのせいで兄さんが死んだことを知ってるくせに、おかしいよ！」

そこまで喚いた時、寛人は唐突に手首をつかまれた。

容赦のない力でぐいっとつかまれた手を引き上げられる。

「寛人様、まずは一条院家の後継者に相応しい口のきき方からお教えしないといけないようですね」

「痛い！　離せよっ！　おまえの言うことなんか、誰が聞くか！　人殺しのくせに！」

寛人は必死に沢渡の手を振り払おうとしたが、果たせない。

沢渡は長身の腰を折って、ぐいっと整った顔を近づけてきた。

数日前には悲しみだけに覆《おお》われていたのに、今の沢渡にはほとんど感情らしきものが見えない。

そして沢渡は氷のように冷ややかな目で寛人を見据《みす》え、恐ろしいことを口にしたのだ。

「おっしゃるとおり、確かに私は、寛之様の事故を止められなかったという罪を犯しました。でも、寛人様も同罪なのですよ？」

「！」

静かに断定されて、どくんと心臓が跳《は》ね上がる。

寛人は漆黒の目を見開いて、呆然と沢渡の顔を見つめた。

沢渡はそれきりで、何も言おうとしない。けれど、その瞳には昏《くら》い光が宿っていた。

寛人は否応なく気づいてしまった。

あの夜、寛人さえぐずらなければ、兄はもっと早い時間に出発していただろう。

そうすれば雪が積もる前に目的地に到着し、事故を起こして死ぬこともなかった。

兄を死に追いやったのは、ほかならぬ自分……。

寛人自身だった……！

「あ、あぁ……あうぅ……うわぁ――……っ」

寛人は慟哭《どうこく》した。

「兄さん……にい、……っ、ひ、くっ……あぁぁ……っ」

泣きじゃくる寛人を、沢渡はしっかりと広い胸に抱きしめてきた。

「いやだ、おまえなんか、あっちへ行け！」

寛人はそう叫んで、何度も沢渡の胸を拳《こぶし》で打ちつけた。

それでも沢渡の抱擁《ほうよう》は少しもゆるまなかった。

「私をどんなに憎まれてもかまいません。でも、私たちは共犯者。だからこそ、あなたには完璧な後継者となっていただく。それが叶うまで……いや、叶ってからも、私はあなたのおそばを離れません」

混乱と衝撃《しょうげき》で意識が遠のいていく。だが寛人の耳には、その沢渡の冷たい声だけがやけにはっきりと届いていた。

†

それが沢渡との日々の始まりだった。

父は長男を失って、目に見えて気力をなくした。結婚に反対し、そのせいで息子が事故死したのだから、罪の意識に耐えられなくなったのだろう。寛之はそれほどに、期待されていた跡継ぎだった。

父が衰《おとろ》えを見せ始めたのとは逆に、沢渡は徐々に一条院での足場を堅固《けんご》なものとしていった。

もともと優秀だった沢渡は、寛之の側近として活躍《かつやく》するために多くのことを学んでいたのだろう。それが寛人を財閥の当主として育てることで、予想以上の成果を上げた。

その点で、父は慧眼《けいがん》だったとも言える。

そして沢渡の手で成長した寛人は、二年前、引退した父の跡を継ぐこととなったのだ。

寛人は今でも沢渡を憎んでいる。

兄を死に追いやった者として……。

そして、自分の罪を気づかせた者として……。

けれど、それは沢渡も同じこと。

大事な親友を亡くす原因を作ったのは、その弟である寛人。

寛人と沢渡は、この世でもっとも憎み合う者同士となっていたのだ。

3

脩司がもたらした情報は、いつまでも寛人を沈みこませていた。

八年という長い間、一緒に生活していたせいで、いつの間にか沢渡がそばにいるのが当たり前となっていた。

だから、沢渡が結婚するなどとは、想像したこともなかった。

しかし深く考えるまでもなく、沢渡はいつ結婚してもおかしくない年だ。むしろ、三十歳という年齢からしても、一条院で重要なポストに就《つ》いていることからしても、独身でいるほうがおかしいくらいだった。

自分は動揺しているのだろうか？

自問すれば、そうだと答えるしかない。

寛人にとっては、まさしく晴天《せいてん》の霹靂《へきれき》ともいえる事件だ。

夕食が終わり、自室で読書に勤《いそ》しむ振りをしながら時間を潰す。そして就寝《しゅうしん》時刻になって沢渡が部屋に姿を現した。

どこにも変わった様子はなく、沢渡は慣れた手順で準備にかかる。いったんバスルームに消えた沢渡は、湯を張り終えてから寛人を呼びにきた。

「入浴のご用意が調いました」

寛人はゆっくり椅子《いす》から立ち上がって、パウダールームへ行く。

そして鏡の前に立った時、ふいに黙っていられなくなって沢渡に詰問《きつもん》した。

「おまえに結婚話が来ているそうだが？」

「おや、もうお耳に入りましたか？」

沢渡は寛人のジャケットを脱がせながら、さらりと明かす。

とぼけた言い方に、寛人は苛立ちを募らせた。

「大叔母からの話だそうだな？　もう先方には会ったのか？　それとも、とっくに見合いは終わって、もっと先まで話が進んでいるのか？」

この一件が気になって仕方がないということを、沢渡に知られるのは本意ではなかった。それでも訊かずにはいられない。

「寛人様、シャツのボタンを外しますので、私のほうを向いてください」

言われたとおり身体の向きを変えた寛人は、きつい眼差しで不遜《ふそん》な執事を見上げた。

「沢渡、質問に答えろ。はぐらかすな。ぼくには伝えるなと、わざわざ大叔母に口止めしたそうだが、どうしてだ？」

憤《いきどお》りを込めて吐き捨てると、沢渡がにやりとした笑みを浮かべる。

寛人は思わず息をのんだ。

普段は徹底《てってい》して寛人のことを主人扱いするくせに、こんな雰囲気の沢渡と対峙すると、立場が逆転したかのような錯覚《さっかく》にとらわれる。

「それも、脩司様からの情報ですか？　さすが北米を切りまわしておられるだけあって、素早いなさりようだ」

「……」

「寛人様がご興味を持たれるようなことではないと思いましたので、お耳には入れないようにしておりました。寛人様の大叔母上、一条院節子《せつこ》様からのお話でしたが、私はすでに先方を存じております。大学の時の後輩なので」

「後輩？　それじゃ正式な見合いをするわけではないのか？」

寛人は何故かほっとしながら、呟いた。

けれど、次に返ってきた沢渡の言葉で再び焦りを覚えてしまう。

「三日後に行われるパーティーでお会いすることになります。寛人様には申し訳ありませんが、当日は私も執事としてではなく、正規《せいき》の招待客として出席させていただきます。その日はお世話が行き届かないかと」

「そんなことはどうでもいい。ぼくはもう子供ではないんだ。パーティーの付き添いなど無用だ。

それより、もっと肝心なことを話せ」

「大叔母上のご要望で、先方とはパーティー会場でお話しさせていただく手筈《てはず》に」

「ふん、それなら、やっぱり見合いじゃないか」

寛人は唸《うな》るように吐きだした。

そういえば、祖父の妹にあたる大叔母は、無類《むるい》の仲人《なこうど》好きだった。一条院の分家《ぶんけ》に嫁《とつ》いだが、数年前に夫を亡くしている。未亡人《みぼうじん》となった今は実際に仲人をする機会はなくなったものの、まだまだ独身者同士を引き合わせて、自分の手でゴールインするカップルを作りだすのを楽しんでいる人だ。

そして大叔母は、著名人の妻たちが集《つど》う婦人会などで、独自のネットワークも持っており、侮るわけにもいかない人だった。

苛立つ寛人とは違い、沢渡はいつもどおりの態度を崩していない。ごく事務的に寛人からシャツを脱がせている。

物思いにとらわれていた寛人は羞恥を覚える暇もなく、裸身《らしん》をさらした。

「ごゆっくり、どうぞ」

「うん」

沢渡はバスルームに寛人を送りこみ、下がっていった。

子供の頃は身体も洗ってもらっていたが、さすがに今は介添《かいぞ》えを拒否している。

寛人は熱めのバスにゆっくり浸《つ》かって緊張していた体をほぐした。そのあと機械的に髪と身体を洗う。最後にシャワーを使ってバスルームを出ると、沢渡が計っていたかのようにバスタオルを手にして戻ってきた。

濡れた身体をふんわりしたタオルですっぽり包まれ、そっと水滴《すいてき》を拭《ぬぐ》われる。

それから沢渡は慣れた手つきで寛人にパジャマを着せ、パウダールームの鏡の前に座らせた。

濡れた髪にドライヤーをあてられている間、寛人は気持ちよさで目を閉じた。

すべてが八年間続いている就寝前の習慣だった。

このあと沢渡は厨房《ちゅうぼう》から、これも習慣となっているハーブティーを運んでくる。

寛人が慣れ親《した》しんだすべてのことには、必ず沢渡がかかわっていた。

けれど、もし沢渡が結婚すれば、それが全部変わってしまう。

ふいに胸の奥から強い衝動《しょうどう》が噴き上げてきた。

いやだ。沢渡は誰にも渡せない。一生涯《いっしょうがい》、自分のそばに縛りつけておく。

沢渡がどんなにいやがっても、許さない。ひとりだけ自由になどしてやるものか。

そして、自分には沢渡を縛る権利がある。

寛人はベッドの端に座り、決意も新《あら》たに沢渡がハーブティーを運んでくるのを待ち受けた。

無意識に両手を握りしめていると、さほど待たされずに沢渡が顔を出す。

「お待たせしました、寛人様。今日はミントティーにいたしました。熱いのでお気をつけください」

寛人は差しだされたカップを受け取り、熱いハーブティーに口をつけた。

だが、ひと口飲んだだけで、カップを沢渡の手に戻す。

寛人はベッドの横に立つ沢渡を見上げ、喉《のど》をこくりと上下させてから、努めてさりげない口調で命じた。

「……処理を」

いつもと同じ要求を口にしただけなのに、声が震える。

動揺していると、沢渡には気づかれたくない。だから、自分がいつも以上に高飛車《たかびしゃ》に振る舞えていることを期待する。

「それでは、ベッドの上で横におなりください」

「わかった」

沢渡は無表情のままで、寛人の身体をベッドに横たえた。

パウダールームで着せられたばかりのパジャマが、下着ごと足首近くまで引き下ろされる。

下肢《かし》を剥きだしにされ、寛人は頬を染めた。

いくら慣れた行為でも、羞恥を忘れたわけではない。

しかし、大きな手で中心を包みこまれたとたん、恥ずかしさは心地《ここち》いい快感へとすり替わった。

沢渡は躊躇《ためら》いもなく、すっすっとリズミカルに中心を駆り立ててくる。

「んっ……ふ……っ」

的確に快感を煽られて、寛人は鼻にかかった声を漏らした。

根元からじっくり擦り上げられると、どくりとそこに熱が溜まり、腰全体が痺れてくる。

「ふ、くっ……あぁ……っ」

慣れ親しんだ悦楽《えつらく》は、寛人の頭も痺れさせた。

こんなことも沢渡が結婚すれば、もう終わりになるのだ。

そう思いついたとたん、胸の奥に鋭い痛みを感じる。

ベッドのそばで両膝をついた沢渡は、何も気づかずにやわらかな声で訊ねてきた。

「口でしましょうか?」

囁《ささや》かれた言葉が耳に達したと同時に、寛人の中心は期待でわななないた。

それがどんなに気持ちいいか、知っている。でも要求を口にするのは恥ずかしすぎる。

すべてを心得た沢渡は、それ以上何も言わずにそっとベッドに乗り上げてきた。

上から覆い被さった沢渡が、頭を下げる。

「あ、んっ」

温かな口中に迎え入れられただけで、寛人は甘い喘ぎをこぼした。

沢渡の口に、熱くなったものがすっぽりとのみこまれ、根元から丁寧にしゃぶられる。

長い舌が幹《みき》に絡みつくと、もう声を抑えていられなかった。

「あっ、ああっ……あっ、ふ、んんっ」

沢渡の黒髪が自分の下腹で揺《ゆ》れているのを、寛人は快感で目を潤ませながら眺めていた。

男のものを口に含んでいるくせに、沢渡には乱れたところがいっさいない。煽られて興奮しているのは自分ひとりだ。

またつきんと胸の奥が痛くなるが、淫靡《いんび》な悦楽には勝てなかった。

すぼめた口で根元から先端《せんたん》まで何度も擦られると、すぐに限界が近くなる。

だが沢渡は絶妙なやり方で寛人を焦らし、快感を長引かせる。寛人がぶるりと腰を震わせ、今にも欲望を吐きだしそうになると、沢渡はすっと口を離してしまう。

「あ、や……っ」

寛人はもどかしさで頭を振った。

沢渡は再び頭を下げてきたが、蜜をこぼす先端にちろりと舌を這わせただけだ。

とたんに、身体の芯《しん》が強烈《きょうれつ》に疼《うず》く。でも、達するにはまだ刺激が足りない。

堪えようもなく、寛人は目を潤ませながら、沢渡に向けて両手を差しだした。

「さ、沢渡……っ、も、達《い》き、たいっ……は、早く……っ」

あられもなく腰をよじって解放をねだる。

羞恥などとっくにどこかへ吹き飛んで、欲望を吐きだすことしか考えられなかった。

「もう少し、我慢なさってください。もっと気持ちよくして差し上げます」

沢渡は宥めるように言って、再び寛人の中心を口に含んだ。

一度タイミングをずらされたせいで、いきなり達してしまいそうになる。

「あ、あっ……ぅ、くっ」

だが、欲望を吐きだす寸前になって、今度は忘れていた羞恥が襲いかかってきた。

気持ちがよくて、どうにもならない。でも、沢渡の口に欲望を吐きだすのは、いくらなんでも恥ずかしい。

「やっ、も、いい……離、せっ」

寛人は切れ切れに訴えた。

両足を閉じ合わせて腰を退こうとすると、沢渡の手でしっかり押さえこまれる。

「あっ、あ、あぁ、……う、」

いちだんと深くくわえこまれ、根元からじっくり吸い上げられた。

我慢できるはずもなく、欲望が堰《せき》を切って溢れだす。

「あ、あぁ――……っ」

寛人は弓のように背をそらせながら、沢渡の口にすべてを吐きだした。

圧倒的な快感に支配され、頭が真っ白になる。

「んぅ……っ」

それでもまだ沢渡は口を離さず、一滴《いってき》も余《あま》さず蜜を吸い取っている。

はぁはぁと荒くなった呼吸音だけがやけに大きく聞こえた。狂ったように速くなった心臓の音も聞こえる。

寛人は焦点《しょうてん》の合わない目で、沢渡の喉がごくりと自分の欲望を嚥下《えんか》するのを眺めた。顔を上げた沢渡はちろりと舌を覗かせ、唇についた残滓《ざんし》まで舐《な》め取っている。

「あ……」

寛人が出したものは一滴残らず、すべて沢渡に飲まれてしまったのだ。

この瞬間だけ、沢渡の精悍《せいかん》な顔に淫蕩《いんとう》な色が浮かぶのを知っている。

寛人はぶるりと再び身体の芯を疼かせたが、沢渡のほうはすぐにいつもの冷静な表情に戻って身体を退く。

「ま、待て……っ」

寛人は無意識に手を伸ばして、沢渡を引き留めた。

すでにベッドから下りた沢渡が、ふっと口元をほころばせる。

「足りませんでしたか？　寛人様はずいぶんと淫らになられた……」

揶揄《やゆ》するように言われ、寛人は思わずかっとなった。

「うる、さいっ！　お、おまえだって、同じだろ！　命令すれば、平気で男のものをくわえる。プライドも何もない犬のくせに、偉《えら》そうに言うな！」

「ほお、ずいぶんひどいおっしゃりようですね。そういう品のない物言いをお教えした覚えはありませんが」

剣呑《けんのん》な目つきで、鋭く刺すように見つめられ、寛人はびくりと怯《ひる》んだ。

いくらなんでも言い過ぎだった。今すぐ謝った方がいい。

しかし、その時ふっと脳裏《のうり》をよぎったのは、沢渡の結婚話だった。

素直になれるはずもなく、寛人は謝罪《しゃざい》の言葉さえ口にせずに横を向いた。

だが沢渡はそっとベッドの端に腰を下ろして、寛人の身体を抱きしめてくる。

「え……？」

「欲しいものが貰《もら》えないと、すぐに我が儘なことをおっしゃる。そういうところは、まだまだ子供ですね。しかし、身体のほうはすでに」

「何を言って……」

「足りなかったのは、こちらを弄らなかったせいでしょう？」

「あっ」

沢渡の手がパジャマの上からするりと背骨を滑り下り、びくんと大きく震えてしまう。

剥きだしの双丘《そうきゅう》まで達した手は、すぐに狭間に挿《お》しこまれ、窄まりを指でなぞられる。

「まだ何もしていないのに、ひくひくしているようですね、寛人様。そんなにここがお気に召《め》しましたか？」

「や、違……っ」

寛人は懸命に首を振った。

でも、そこに触れられただけで、身体がおかしくなる。奥からじわりとした刺激が生まれ、甘い痺れとなって身体中に伝わっていく。

これも全部、沢渡に教えられた快感だ。

寛人は力を入れることさえできず、沢渡の広い胸に縋《すが》りついた。

体重を預けてしまうと、沢渡は後ろからまわした手で、さらにいいように後孔を弄りまわす。

無理やり広げられた狭間に、ぐっと長い指を押しこまれた。

「あ、ああっ……っ」

寛人は喉を仰《の》け反《ぞ》らせて、甘い呻きを上げた。

「素敵なお顔ですよ、寛人様……どうしようもなく淫らで」

「やっ……っ」

いくら否定しても、寛人の内壁は悦《よろこ》んで沢渡の指を締めつけている。

中にひときわ感じる場所があって、そこを指で抉られると、どうしようもなかった。

達したばかりの中心がまた芯を持ち、ゆるゆると勃ち上がってくる。

どんなに隠そうとしたところで無駄な足掻《あが》きだった。沢渡に奉仕《ほうし》を強要しているうちに、寛人の身体は後孔で感じてしまうように作り変えられてしまったのだ。

「指一本では足りないようですね、寛人様」

沢渡は片手で寛人の身体を抱きよせて、耳に甘く吹きこむ。

びくんと身体を震わせている間に、指の数が増やされた。

「あ、……あ、く……ぅぅ」

二本目はさすがにきつい。それでも、寛人はやわらかく沢渡の指をのみこんでしまう。

必死にしがみついているのはフロックコートを着たままの男。自分ひとりが快感に悶《もだ》えさせられているのは悔しかった。

朦朧《もうろう》としてきた頭の中で、ふいに思わぬ考えが浮かぶ。

ひとりではいやだ。それなら、沢渡も共犯者にしてしまえばいい。

そう、余裕《よゆう》たっぷりの沢渡を、自分の位置まで引きずり下ろすには、もうこれしか方法がない。

そして、もしそれが実行されれば、沢渡は自分のそばから離れられなくなるはずだ。

逃げだすことは絶対に許さない。だから、沢渡を縛りつける。

「寛人様？　どうなさいました？　気持ちがいいのですか？」

沢渡は甘く囁いて、寛人の蕾《つぼみ》を指で掻きまわしている。

寛人は快感で蕩《とろ》けた顔を上げ、じっと沢渡の目を見つめた。

「……お、まえも……やれ。一緒に……おまえ自身で、ぼくを」

つたない誘い方だった。

だが、沢渡ははっとしたように息をのんでいる。

寛人はもうひと息とばかりに、自分から沢渡の首に腕を巻きつけた。

「最後、まで……抱け。命令だ。ぼくを淫らだと貶《おとし》めるなら、おまえもそれに荷担《かたん》しろ」

視線をそらしてしまいたくなるのを懸命に堪え、じっと沢渡の双眸を見つめる。

長い沈黙《ちんもく》が続き、それから沢渡が何故か、ふわりと極上《ごくじょう》の笑みを見せる。

「寛人様、あなたが私の主だ。喜んでご命令に従いましょう」

低く掠れたような声が耳に届いた瞬間、寛人の最奥《さいおう》がまた甘く疼いた。

これで、沢渡を同じ場所まで堕とすことができる。

「キスしますか？」

訊ねられて、寛人は我知らずうっとりと頷いた。

形のいい唇がすっと近づいて、すぐに温かい感触で塞がれる。

巧《たく》みなキスを仕掛けられ、寛人はたちまち夢中になった。

唇を合わせるだけでは物足りなくて、自分の方から沢渡の首に腕を巻きつけて、もっと深いキスをねだる。

口を開き、無意識に誘いこむと、沢渡の舌がするりと深く潜りこんでくる。

「んん……っ……ふ……っ」

舌を絡められると、今まで散々《さんざん》掻きまわされていた場所まで、一緒に疼いてきた。

最初はついばむように唇を触れ合わせているだけだった。それが甘く舌を絡めるものになり、最後は唾液《だえき》までこぼれてしまうほど濃密《のうみつ》なキスになる。

けれどそれでも、まだもの足りない。

「さ、沢渡……っ」

言ったと同時、寛人の身体はふわりと背中からベッドに押しつけられた。沢渡はそっと上から覆い被さってくる。

「あ……沢渡……」

今まで何度も奉仕させてきたが、それ以上に進むのは初めてだ。

これから最後まで沢渡と体を繋げる。そう思っただけで、寛人はかっと熱くなった。

「寛人様」

いつもの沢渡らしくもなく、性急にパジャマの上を剥ぎ取られる。

寛人は我知らず赤くなった。覚悟はしていても、いざとなれば恥ずかしさが先に立つ。

「お、おまえも上着ぐらい脱げ」

羞恥を堪え、横柄《おうへい》に命じると、何故かまた沢渡がふわりとした笑みを浮かべる。

いったん上体を起こした沢渡はすぐにフロックコートの上を脱ぎ捨てた。

シャツのボタンもはだけると、逞しい胸が覗く。

寛人がはっとなっている間に、沢渡は再び覆い被さってきた。

「あ……っ」

胸の頂《いただき》にいきなり唇がつけられて、寛人は思わず甘い吐息を放った。

沢渡は舌を押しつけるようにして先端を舐め、そのあときつくそこを吸い上げてきた。

じんとした刺激が生まれ、全身に伝わっていく。

「やはり、胸も敏感《びんかん》ですね、寛人様。いやらしいお身体をしておいでだ」

「い……いちいち、そんなことを言うなっ」

沢渡が上からじっと覗きこんでいるのは、少しの刺激で赤く尖《とが》ってしまった先端だ。

懸命ににらみつけると、沢渡がおかしげにふっと口元をゆるめる。

寛人は恥ずかしさに耐えきれず、首を左右に振った。

ぷっくり膨《ふく》れた先端をきゅっとつままれる。

「んっ……ぅ」

思わず息を詰めると、今度は擦り潰すような動きを加えられた。

鈍《にぶ》い痛みのあとで、じわりとした疼きが身体の芯まで伝わっていく。それと同時に、もう片方の乳首に歯を立てられた。

「ああっ……く、ふ……っ」

強い刺激で、びくっと腰が浮き上がる。

胸への愛撫《あいぶ》だけで、こんなに感じさせられるのは初めてだった。

「本当に寛人様は感じやすい」

「や、……だ、黙、れ……っ」

寛人は耳までかっと赤くしながら命令した。

いくらそれが本当のことだとしても、言葉でまで貶められるのはたまらない。

だが沢渡は、ますますおかしげに目を細めただけで、行為を進めていく。

身体に絡まっているだけだったパジャマがすべて奪い取られ、沢渡はそれを床に投げ捨てた。

「あ……っ」

沢渡はベッドの上に両手をつき、熱のこもった目で寛人の素肌を見下ろしてくる。

一糸《いっし》まとわぬ姿を見られるのはたまらなく恥ずかしかった。バスルームではなんでもなかったのに、今は羞恥で死んでしまいそうだ。

「おきれいですよ、寛人様……でも、おやめになるなら、今の内です。どうなさいますか?」

じっと窺うような眼差しに、ひときわ心臓が高鳴った。

「こんな、ところで……やめる、な……っ」

寛人は泣きそうになりながら、切れ切れに命じた。

「それでは、寛人様のお望《のぞ》みのままに」

沢渡の手がすっと下半身に滑らされる。

先ほどの行為の名残で寛人の蕾はやわらかく蕩けていた。そこに沢渡が探るように指を挿しこんでくる。

「あっ」

指は一度敏感な壁を抉っただけで抜き取られた。

沢渡は手早く自分の下肢を乱し、そのあとあらためて寛人の腰をかかえこんだ。

剥きだしになった場所に、熱く巨大なものが押しつけられる。

「……っ」

あまりの大きさに寛人は思わず息をのんだ。

びくりとすくむと、沢渡が宥めるように頬を撫でてくる。

「さあ、力を抜いて……」

掠れた声が耳に届き、寛人は操《あやつ》られたように力を抜いた。

次の瞬間、硬《かた》い切っ先で狭間をこじ開けられる。

「ひっ……ううっ」

痛みと恐怖で反射的に腰を退く。

けれど沢渡の手がしっかり腰を捕らえていて、逃げられない。

そのまま深々と最奥まで貫《つらぬ》かれた。

「あ、あぁ——……ひ、うぅ」

激しい痛みとともに、中までぐっと逞しい灼熱《しゃくねつ》を埋《う》めこまれる。

とうとう沢渡と繋がった。

どくどく脈打《みゃくう》つ沢渡が、身体の奥深くまで達している。力強くいっぱいに埋め尽くされていた。

これでもう、沢渡は自分のもの……同じところまで、堕ちてきた……。

寛人は痛みを堪え、それだけを思いながら沢渡にしがみつく。

「寛人様……あとはもう、つらくないはずです。さあ、楽にして」

沢渡はじっと動かずに、寛人の息が整うのを待っていた。

宥めるように頬や髪を撫でられると、強ばっていた身体から自然と力が抜ける。

「さ、……沢渡……んっ」

声を出したとたん、中の沢渡を締めつけた。逞しい形を生々しく感じて、寛人はまた息をのむ。

「どうしました、寛人様？」

沢渡はそう言って、寛人の下肢へと手を伸ばしてきた。

張りつめたものをやんわり握られると、自然と腰が震える。

「あ、っ」

明らかな快感が身体中を走り抜け、寛人はまた中の沢渡を締めつけた。

それを合図に沢渡がゆっくり腰を揺さぶり始めた。

「ああっ、やっ、あっ」

敏感な壁をいやというほど抉りながら、灼熱の杭《くい》が引きだされる。息をつく暇もなく、それは
再び中へとこじ入れられた。

身体の奥から次から次へと快感がうねるように湧き起こる。

「ああっ、あ、ああっ」

沢渡と繋がった最奥で、我慢できないほどの疼きが生まれる。

苦しくてたまらないのに気持ちがよかった。

「寛人様……存分にお楽しみください」

張りつめた中心を、沢渡の手であやされながら、何度も深みを抉るように突き上げられる。

「やっ、ああっ……やっ……あ」

激しく揺さぶられるまま、寛人はすぐに高みへと追いやられた。

身体中が焼き尽くされたように熱くなる。

「寛人様、素敵ですよ……」

耳元で囁かれたと同時に、ひときわ強く奥を抉られる。

次の瞬間、寛人は上りつめた。

「ああっ、や……っ、さわ……ぅぅ」

恐ろしいほどの悦楽で頭が真っ白になり、必死に手を伸ばして逞しい男にしがみつく。

「……寛人、様……」

やけに優しく響く声を最後に、寛人は意識を手放した。

4

一条院節子主催《しゅさい》のパーティーは高輪《たかなわ》にある屋敷で行われた。

本家の一条院ほどではないが由緒《ゆいしょ》のある洋館で、要望があればここをイベント会場として貸すこともある。一流ホテルではどんなにお金をかけようと、サービスは定型化されている。それでは満足できない層《そう》が、結婚披露宴《ひろうえん》や私的な記念パーティーに使っているという話だった。

今日のパーティーは、本格的にそれを商業ベースに乗せようと企画されたものだ。

会場となっているのはメインロビーに続く大広間。そしてテラスと手入れの行き届いた庭も開放されていた。

ドレスコードはブラックタイ。だが大叔母は格式を重んじる人なので、寛人は一条院家の総帥に相応しく、きちんと燕尾服《えんびふく》をまとっていた。ただ、あまり重い雰囲気になりすぎるのもよくないので、色はグレーベースにまとめている。

後ろには、タキシードを着た長身の沢渡が従っていた。

ミッドナイトブルーの上質な生地《きじ》で仕立てた上下に、糊《のり》のきいた真っ白なドレスシャツ、細かな模様《もよう》の入ったグレーのカマーバンドと蝶《ちょう》ネクタイ。普段のフロックコート姿もいいが、精悍で整った顔にはタキシードのほうが、より華やかな雰囲気で合っていると思う。そして沢渡の姿は、今日のパーティーにメインで招かれている上客の誰よりも堂々《どうどう》として見えた。

視線が合うと、条件反射のようにどきりとなる。

最後まで身体を繋げるような真似《まね》をしたのだから、それも当然のことだった。

しかし、最初からある程度予測していたが、沢渡の様子には、あの夜以来、なんの変化も見られない。いつもどおり淡々と仕事をこなしているだけだ。

それなのに、自分だけ動揺しているわけにはいかない。

寛人は毅然とした眼差しで沢渡を見据え、それからおもむろに大叔母の元へ挨拶に向かった。

「まあ、寛人さんも沢渡も、よく来てくれたわね。待ってましたよ」

寛人の大叔母、一条院節子は、にこやかな笑みでふたりを出迎える。

七十を過ぎているわりには、肌艶《はだつや》がよく、体型は太めだが、すっと背筋を伸ばした姿には貫禄《かんろく》がある。ダークグルーのイブニングドレスに、宝石をふんだんにあしらった豪奢《ごうしゃ》な首飾り、そして耳と左手に大粒のサファイヤ。一歩間違えば下品にもなりかねない格好だが、節子はそれを品よく堂々と着こなしていた。

「大叔母様、ご無沙汰《ぶさた》しておりました。その後、お変わりありませんか？」

寛人は微笑を向けながら問いかけた。

「私はこのとおりで、すっかりお祖母《ばあ》ちゃん。でも、寛人さんはさすがに正装がお似合いね。素敵になったわ」

古風な燕尾服は優しげな寛人の顔立ちをより上品に見せ、古きよき時代の貴公子《きこうし》を彷彿《ほうふつ》とさせる。

大叔母は満足そうに目を細めて、寛人の格好を眺めていた。

けれど、そのうちに何故かふっと悲しげな表情になる。

「そうしていると、本当に寛之さんにそっくりね。あなた、おいくつになったの？　寛之さんが亡くなった時と同じくらいになったのかしら……？」

大叔母は思わずといった感じで目を潤ませた。

寛人もまた、亡き兄の名前を耳にして、胸の奥に痛みを感じる。

「いいえ、大叔母様、ぼくはまだ十八です。兄には……兄の亡くなった年にはまだ……」

「あら、ごめんなさいね。あなたがあんまり寛之さんに似てきたものだから、つい……でも、本当に立派になりましたよ。ねぇ、沢渡、あなたもそう思うでしょ？」

大叔母はそう言いながら、そばにいた沢渡に視線を移した。

「はい、節子様。僭越《せんえつ》ながら、寛人様は一条院の総帥としてなんら不足なく、すべてを完璧にこなしておいでてございます……加えまして、本日は私までご招待に預かり、誠《まこと》にありがとうございました」

そう言って腰を折った沢渡を、大叔母はそっと片手を上げて制した。

「そう気を遣う必要はないわ、沢渡。よく来てくれたわね。あなたたちがそうやって並んでいると、とても見応えがあっていいわ」

薄化粧をした節子は、にっこりとした笑みを浮かべながら、寛人と沢渡を見比べていた。

「大叔母様、今日は脩司さんも見えると聞きましたが」

「ええ、そうなのよ。脩司さんはアメリカ暮らしが長くて、なかなか顔を見せてくれないから、今日、久しぶりに会って、私も嬉しかったわ。庭のほうに行ったようだから、見てらっしゃい。ああ、沢渡には会わせたい人がいるの。私と一緒に来てちょうだい」

大叔母のひと言で、寛人は再びどきりとなった。

沢渡に会わせたい人とは、例の結婚話の相手だ。

「それでは、失礼いたします、寛人様」

沢渡は一礼して、先に歩きだしていた大叔母のあとを追った。

寛人はこの件に関しては部外者。そう認定されたのだ。大叔母の立場を考えれば、割りこむわけにはいかなかったが、それでも、相手がどういう人なのか気にかかる。

寛人はとおりがかったウェイターから、飲み物のグラスを受け取って、さりげなくふたりが行った先を見つめた。

けれど、一条院の当主である寛人がひとりでいると見て、たちまちお客が群がってくる。

会の性質上、女性客が多いので、まだ学生とはいえ、財閥の当主で独身の寛人を見逃すはずもなかったのだ。

「寛人様、本日はお会いできて嬉しいですわ。こちらはうちの娘ですの」

先陣《せんじん》を切った女性はさっそく自分の娘を寛人に押しつけてくる。

ピンクのドレスを着た娘はどう見てもかなりの年上だったが、あわよくば寛人の結婚相手に立候補させようという気なのだろう。

「一条院です」

寛人は仕方なく軽く頭を下げて挨拶した。

大学構内とは違って、ここにいるのはビジネス上も重要になる相手ばかりだ。軽々しく撃退するというわけにもいかない。だが礼を尽くすつもりで話に相づちを打っている間に、取り巻きの人数がどんどん増えてしまう。

「寛人様、ご趣味はなんですの？」

「色々と興味を覚えるものは多いのですが。今のところ、特に熱中しているものはありません」

「大学にも通っていらっしゃるとか、大変ですわね。一条院の総帥でいらっしゃるのに……」

「いえ、まだまだ私は若輩者《じゃくはいもの》ですから。少しでも学ばないと、皆様と対等にお話もできません」

寛人は内心でうんざりしながらも、ひとつひとつの質問に丁寧に答えていく。

しかし、何かきっかけを探さないと、永久にここから脱出《だっしゅつ》できなくなりそうだ。

そう思った時、ふいに後ろから声をかけられた。

「失礼……寛人、ちょっといいか？」

振り返って脩司の顔が見えた時、寛人は心からほっとなった。

「まあ、一条院脩司様？　ニューヨークからお帰りでしたの？」

「ここでお会いできるとは、なんて素敵なんでしょう」

集まっていた女性たちは、洗練された美形の脩司を見て、俄然《がぜん》色めき立った。

立場からいえば寛人のほうが格上であるが、十八ではまだ若すぎる。同じ一条院の一族で、男らしい魅力に溢れた脩司は、妙齢《みょうれい》の女性やその母親にとって、より完璧な王子様と映るのだろう。

「皆さん、すみません。ちょっと寛人を借りますよ？　お話はまたあとで。ぼくも一緒に伺《うかが》いましょう」

脩司は笑顔で軽く女性たちをかわし、寛人の腕をつかんであっさりその場をあとにする。

こういった場からの抜けだし方は、感心するほどだった。

「脩司さん、助かりました」

「寛人はまだまだだな。いちいちいい顔してると、あとで大変だぞ。大叔母じゃないが、ここには仲人好きが揃ってる。一条院の独身男はみんなカモだからな」

「気をつけます」

辛辣《しんらつ》な言いように、寛人は思わず口元をほころばせた。

脩司は真っ白なタキシードを着ていた。襟《えり》に淡いピンクの薔薇《ばら》を挿《さ》している。秀麗な顔とあいまって、華やかな格好は本当にどこの国の王子かという雰囲気だ。

その脩司が目を細めて自分を見つめてくる。あまりにも熱心な眼差しに、寛人は我知らず頬を染めた。

「なんですか、脩司さん？」

「ああ、そういう格好をしていると、ほんとに寛之さんそっくりだなと思って……」

「また、ですか。さっきも大叔母様に言われたばかりです。そんなに似てますか？」

寛人はため息混じりに問い返した。

しかし脩司は、それには返事をせず、僅かに頭を振って寛人の注意を背後に向ける。

さりげなく視線を巡らせると、テラスの近くで沢渡が赤いドレスを着た背の高い女性と話しこんでいるのが目についた。

「あれが、さくらホテルグループの令嬢だ。佐倉美由紀《さくらみゆき》。マスコミにもよく顔を出しているから、おまえも知っているだろう」

「ええ、確かに」

脩司の指摘に、寛人は頷いた。

直接話したことはないが、よく見かける顔だ。

スタイルがよく、目鼻立ちのはっきりした美人だった。身長があるので、沢渡と並んでも少しも見劣《みおと》りがしない。むしろ両者ともに迫力があるので、非常に似合いのカップルに思える。

「今回の縁談を仕掛けたのは沢渡だ。大叔母を焚《た》きつけて、あの女性と繋がりを持とうとしている。何故だかわかるか？」

脩司は何か含みを込めるように耳打ちしてきた。

さくらホテルチェーンは、一条院の国内ホテル部門では最大のライバルになる。となれば、一番単純な答えは、一条院の内部機密を握っている沢渡が、その機密ごとライバル会社に鞍替《くらが》えするという構図だった。

一条院でどんなに功績《こうせき》を上げようと、沢渡は寛人の執事でもある。一生涯使用人というポジションから抜けようがないことを思えば、さくらホテルの婿《むこ》という地位は魅力かもしれない。

何よりも、主である寛人に憎まれていることを、沢渡自身は百も承知《しょうち》だ。

しかも寛人は、欲望処理の果てに、性的な関係まで沢渡に強要した。

考えれば考えるほど、血の気が失《う》せていくのを止めようがなかった。

その一方で、寛人は何か引っかかりも感じていた。

沢渡が、そんなちっぽけな理由で自分を裏切るだろうか？

一条院から出ていきたいなら、今までだっていくらでも機会があった。それに沢渡は、他社に移ったとしても充分に頂点《ちょうてん》を極める能力を持っている。

「ぼくにはわかりません」

寛人がぽつりと答えると、脩司はにっこりと微笑んだ。

「やっぱりおまえには、まだ沢渡のねらいまで読めないか？」

「ねらい？」

「ああ、あの男のねらいは、さくらの婿に収まった上で一条院のホテル部門を買収《ばいしゅう》し、さくらホテルチェーンに吸収することだろう」

「！」

寛人は思わず息をのんだ。それが、寛人への復讐《ふくしゅう》に思えたからだ。

沢渡は、さくらホテルに移るだけじゃなく、寛人から一条院のホテル部門を奪うつもりなのか。

寛人の反応に、脩司は満足そうに頷く。

「やっと見えてきたようだな……そこで、おまえにひとつ、俺のほうから提案《ていあん》がある」

「提案……ですか？」

「ああ、もちろん悪い話じゃない。それについては、近日中にまた連絡する。おまえに会わせたい人物がいるんだ。沢渡には内緒でな」

寛人はじっと又従兄弟の顔を見つめた。

秀麗な面《おもて》。華やかにタキシードを着た姿には、育ちのよさからくる気品、そして傲慢《ごうまん》さが同居している。

自分などより遥《はる》かに大人で、若き貴公子というに相応しいやり手。

一条院の未来のためには、脩司が総帥となったほうがよかったのではないだろうか。たったひとりの人間にとらわれ、その動向にばかり神経を尖らせている自分より、脩司のほうが、よほどその地位に相応しく思えてくる。

寛人は胸の内でため息をついてから、脩司に微笑みかけた。

「脩司さん、わかりました。連絡、お待ちしてます」

「沢渡のこと、おまえもそれとなく観察しておけよ。何か尻尾《しっぽ》を出すかもしれない。それに寛人、前にも言ったが、おまえには俺がついてるからな」

内心の動揺を見抜かれたのか、脩司が宥めるように言う。

「ありがとうございます」

「じゃあな、寛人。二、三日したら、また会おう」

寛人が礼を言うと、脩司は軽く片手を上げて、その場から去っていった。

パーティーはたけなわとなっており、人々は仕事や趣味の話に興《きょう》じている。

ちらりと沢渡の様子を窺うと、まだあの美人と仲よさそうに話しこんでいた。

寛人は息苦しさを覚えて、庭へと向かった。

幸いなことに誰にも呼び止められなかったので、木陰《こかげ》にあったベンチに倒れるように座りこむ。

なんだか、いっぺんに疲れが出た気がして、寛人は頭を振った。

脩司から聞かされた話、それと自分の目で見た光景を合わせると、否応もなく不安が込み上げてくる。

もしかしたら、沢渡は本気で一条院を……自分のそばから離れていく気なのかもしれない。

いやだ。そんなことは許さない。

沢渡は一生、自分のそばで罪を償《つぐな》うべきだ。

逃げだすことなど絶対に許さない。

だからこそ、自分は沢渡に抱かれたのだ。

それを枷《かせ》として、より強固に沢渡を繋いでおくために……。

みっともなく痴態《ちたい》をさらし、いやらしく喘いで、最奥まで沢渡の欲望を受け入れたのは、全部そのためだった。

寛人は思わず、あの夜の感触を思いだし、かっと頬を染めた。

沢渡の前で、自分はどれほどみっともない姿をさらしたのだろうか。

沢渡のほうは自分を根こそぎ奪い尽くしたくせに、今でも平気な顔をしている。自分をあれだけ支配しておいて、今は涼《すず》しげな顔で結婚相手と話しているのだ。

「ずいぶん、寂しそうな顔をなさっている。私でよければ、いくらでも話し相手になりますよ、一条院寛人さん？」

物思いにとらわれていた寛人は、隣からいきなり声をかけられて、はっとなった。

いつの間にか、見知らぬ男が隣に座りこみ、じっと自分の顔を覗きこんでいた。

四十代とおぼしき、柔和《にゅうわ》な顔つきの男だ。しかし、寛人を見つめる目がやけに熱っぽい。男の目的は明らかだ。

寛人は自分に油断があったことを深く反省しながら、静かにベンチから立ち上がった。

「失礼します」

「そんなにつれなくすることはないじゃないですか」

男の手はいきなり伸びてきた。容赦ない力でぐいっと手首を握られ、無理やりまたベンチに座らされる。

木立《こだち》の陰にあるベンチだが、すぐ向こうには人がいる。だが、これぐらいでいちいち助けを求めるのはみっともない。

「何をなさるんですか？　手を離してください」

寛人は男をきつく見据えながら、低い声で命じた。

だが男は怯むどころか、にやりと下卑《げび》た笑みを浮かべる。

「いいですね、その表情……いやがる振りをしながら男を誘う」

「何をおっしゃっているのか、わかりかねます」

寛人は背筋がぞっとなるのを堪えて口にした。

なるべく冷静に対処しないと、パーティーで騒ぎを起こすはめになりかねない。

けれど男は、寛人が大人しくしていると勘違いしたらしく、ますます身体を近づけてくる。

「昔、今のあなたとそっくりの顔をした人がいましたよ。そう、あなたのお兄さん、寛之さんだ」

「手を離していただきたい」

寛人は恐怖を抑え、毅然と命じた。

だが、男はますます頭に乗って、寛人の肩まで抱きよせてくる。

「離さないと言ったら、どうなさいます？」

「な……っ」

進退窮《しんたいきわ》まった寛人は息をのんだ。

男の力は意外に強く、恥をさらすのを覚悟で叫ぶしかない状況だ。

だが、その時、突然押し殺した声をかけてきた者がいた。

「主から、手を離していただきましょうか。汚い手で触《さわ》っていい方ではない」

すっと足音もなく近づいてきたのは沢渡だった。

「何をする？　は、離せっ」

沢渡にぐいっと腕をねじ上げられて、今度は男のほうが呻き声を出す。

「さっさと会場から出ていかれるなら、騒ぎにはしません。あくまで抵抗されるなら、それなりの対処をさせていただきます。いかがなさいますか？」

抑制《よくせい》の利《き》いた脅《おど》し文句に、男は青ざめた。

最初から迫力負けが確定で、男はそそくさと立ち去っていく。

沢渡はそんな男には目もくれず、冷ややかな眼差しで寛人を見据えてきた。

「お立ちください、寛人様」

すっと手を差しだされ、寛人は沢渡に縋るように立ち上がった。

だが、向かい合ったとたん、沢渡の目に危険な光が射す。

「不様《ぶざま》ですね、寛人様。あんな男ひとり、撃退できないとは、なんと情《なさ》けない」

「沢渡！」

あまりの言いように、寛人はきっと沢渡をにらみつけた。

「その気概《きがい》がおありなら、さっさとご自分で対処してください。私がちょっと目を離しただけで、男に襲われているとは何事ですか」

「おまえは今日、ぼくのそばにはいないと言ったじゃないか」

「はい、そのつもりでしたが……寛人様があまりに無防備《むぼうび》なので、様子を見にきただけですよ。何もございませんでしたか？」

沢渡の声が急にやわらかなものに変わり、寛人はかっと怒りに駆られた。

「当たり前だ！」

「それなら、けっこうです。一条院家の総帥ともあろうお方が、下衆《げす》な男を誘っていたなど、極めつけの醜聞《しゅうぶん》です。今後はもっとお気をつけください」

沢渡は冷ややかに言いながら、そっと寛人の乱れた髪を掻き上げた。

沢渡の指が触れた瞬間、寛人はびくりとなった。

冷たい言葉とは裏腹に、やけに優しい触れ方だ。

でも沢渡は、長年の習慣に従っているだけだ。

沢渡に触れられて、身体の芯が痺れるほど感じたのは、つい何日か前の夜だった。寛人は全身でそれを覚えている。あの時は沢渡だって、同じ熱を感じていたはずなのに、今は義務だけで自分に触れている。

「うるさい！　おまえなどにそんなことを言われる覚えはない」

寛人は沢渡の手を強く振り払った。

人目のない場所でぼんやりしていたのは、沢渡のことを考えていたからだ。自分は見合い相手との会話を楽しんでいたくせにと思うと、さらに腹立たしさが募ってくる。

寛人はそのまま沢渡に背を向けて歩きだした。

「お待ちください、寛人様。さくらホテルグループのオーナー令嬢、佐倉美由紀さんをご紹介しますので」

「それはおまえの見合い相手だろう。何故、ぼくがわざわざ会う必要がある？」

寛人は振り返りもせずに吐き捨てた。

「同じ業界の者同士、面識《めんしき》を作っておいて損《そん》はないかと存じますが？」

「さくらホテルのオーナーならともかく、娘と話す必要はない」

寛人はそう言って、さっさと歩を進めた。

沢渡は後ろからその寛人の腕を押さえつけてくる。

「何をする？　離せ！」

「どうも寛人様らしくない反応ですね。脩司様に何か吹きこまれたのですか？」

沢渡はぐいっと寛人の腕を引きよせ、耳元で囁いた。

「お、まえには関係ない話だ……」

勘のよさにぎくりとなるが、寛人は辛うじてそう答える。

「ほお、私には関係ない話だったのですか？」

沢渡は氷のように冷たい目で、寛人を見下ろしてきた。

「脩司さんはぼくの又従兄弟だ。話していて何が悪い？」

「悪くはありませんよ。ご挨拶程度なら、ね」

小さくため息をついた沢渡に、寛人はますます怒りを煽られた。

「脩司さんと話をするかどうか、決めるのはおまえじゃない。なんの話をするかもぼくが決める。いちいち横から口を出すな」

言ったとたん、寛人の腕をつかんだ手に力が入る。

「寛人様、いい加減、思いだしていただけませんか？　脩司様はあなたと総帥の座を争ったお方です。それを頭から信用するなど……」

嘲《あざけ》るような言い方に、寛人はきつく沢渡をにらみつけた。

腕をつかまれて、しかも身長差があるせいで、この体勢は簡単には崩せない。

だが、これではどちらが主人か、わからなかった。

「口の利き方に気をつけろ、沢渡。使用人の分際《ぶんざい》で出過ぎた真似をするな」

「これは失礼いたしました。しかし、寛人様。今日の私は執事ではなく、寛人様の秘書としてこちらのお屋敷にお邪魔《じゃま》しております」

「秘書だったら、なんだと言うんだ？」

寛人が食ってかかると、沢渡はにやりと口角を上げた。

「さくらホテルチェーンとは今後もよい関係を築いていく必要があります。美由紀嬢にお会いになるかどうか、一条院の総帥としてご決断いただければ、それでけっこうです」

冷たく言い切られ、寛人はぐっと奥歯を噛みしめた。

結局いつも、沢渡にはいいように扱われてしまう。

十歳のあの時から、寛人のそばに一番長くいたのは沢渡だ。世話係であり、また教育係でもあった。寛人は沢渡に育てられたも同然なのだ。

「一条院寛人様……噂《うわさ》どおりほんとにかわいい方ね」

沢渡に無理やり引き合わされたさくらホテルチェーンの令嬢は、初対面の遠慮《えんりょ》もなく、そう言ってにこやかに笑った。

家柄がよく容姿にも恵まれたうえ、自らもキャリアを積んでいるというだけあって、押しが強いのだろう。

「一条院です」

寛人はどう返していいかわからず、名を名乗るだけに留めた。

「高見さんのご自慢《じまん》のご主人様でしょう？　お会いできるの、楽しみにしてましたのよ？」

馴れ馴れしく沢渡を「高見」と呼ぶ美由紀に、寛人は内心でかちんとなっていた。

もちろん反感を表に出すようなへまはしない。だが、面白くないとの思いは拭えない。

寛人は表情を強ばらせたままだったが、美由紀は何も気づかなかったように沢渡を振り返る。

「ねえ、高見さん。お腹が空《す》いちゃったわ。何か取ってきてくださる？　寛人さんの分もね」

「わかりました。お待ちください」

沢渡は快《こころよ》く頼みを引き受けて、料理がふんだんに載せられたテーブルに向かう。

美由紀が小さく声をかけてきたのは、沢渡との距離が充分に離れた時だった。

「寛人さん、実はあなたに会わせたい人がいるの。私についてきて」

「え？」

あまりにも唐突な誘いに、寛人は首を傾《かし》げた。

すると美由紀は焦れったそうに寛人の手をつかむ。

「早く！　高見さんには止められてるの。だから今のうちに」

「すみません、どういうことですか？」

「いいから、早くこっちよ！」

強引な美由紀には逆らいようもなかった。

赤いドレスを着た美由紀はするりと白い腕を絡めてくる。寛人はそのまま拉致《らち》されるように会場から連れだされてしまったのだ。

美由紀が寛人を案内したのは、控え室となっている応接間だった。パーティーの会場ではないが、休憩室《きゅうけいしつ》も兼《か》ねているらしく、お茶を飲みつつ喫煙《きつえん》している招待客が何人か見えた。

「あ、いたいた。ねえ、連れてきたわよ」

美由紀は奥のほうのソファに座っていた女性を見つけて手招きした。

女性はすぐに気づいて、こちらへとやってくる。正規の招待客ではないのか、黒のパンツスーツを着て、髪を肩まで伸ばしていた。

だが、その女性は途中でびくりと足をすくめて立ち止まった。

驚いたように目を見開き、唇をわなわな震わせている。

女性が凝視《ぎょうし》しているのは、美由紀ではなく寛人のほうだった。

「……寛……之……さ、ん……」

かすかに呟かれたのは兄の名前だ。

寛人が眉をひそめると、女性は激しく首を左右に振る。

「そんなはずないわ……そんなはず……だって、寛之さんは……寛之さんは……っ」

「佑子！　どうしたの？　しっかりしなさい。寛人君よ？　あなた、会いたいって言ってたじゃないの」

様子がおかしいと察し、美由紀が慌てて女性の元に駆けよっていく。

寛人は呆然とその場で立ち尽くした。

今日のパーティーで兄の名を聞くのはこれで四回目。その中でもこれは最悪のケースだ。

沢渡佑子。

あれは沢渡の従妹《いとこ》で、兄の恋人だった沢渡佑子だ。

「美由紀さん、申し訳ないですが、ぼくはこれで失礼させてもらいます」

寛人は沸々と湧いてきた怒りを抑え、氷のように冷ややかな声で告げた。

佑子は視界に入れず、美由紀だけに向けて、そう断りを入れる。

「ちょっと待って、寛人君！　不意打ちしたのは悪かったけど、話を聞いてあげて」

「その必要があるとは思えません。その方は招待客というわけでもなさそうですし」

寛人は手をつかんできた美由紀をやんわりと押しやって背を向けた。

「待って！　佑子はあなたと一度でもいいから話がしたいと言ってるの。高見さんにいくら頼んでも、断られて……だから、今日のパーティーでは絶対にと思ってたのよ」

「美由紀さん、ぼくにはその方とお会いする理由がない。会見を認めなかった沢渡の判断は正しかったと思います。それと、申し訳ないですが、今後はどなたかをぼくに会わせたいと思われたなら、沢渡をとおし、事前にアポイントを取っていただけますか？」

寛人は冷徹《れいてつ》に告げて歩きだした。

だが、美由紀はそれぐらいで諦《あきら》めるような女性ではなかった。

「待ちなさい、一条院寛人君。あなたはいまだに……佑子だけがすべての原因だったと思ってるの？　あなたのほうが恨まれる立場だと感じたことは、一度もないの？」

「！」

美由紀の言葉はぐさりと寛人の胸に突き刺さった。

「君が佑子を恨んでいるなら、佑子だって同じよ。身に覚えがあるでしょ？」

辛うじて顔色が変わるのは抑えたが、とっさには何も言い返せない。

「高見さんのこともそうよ。あなたが高見さんを離さないのは、高見さんを恨んでいるからでしょ？　いつまで高見さんを奴隷《どれい》のように縛っておくつもりなの？　高見さんの一生はあなたのものじゃないわ。彼ほど優秀な男なら、どこでだって、もっともっと活躍できるわ。それなのにあなたは彼をがんじがらめにして、すべての可能性を奪っている」

美由紀の弾劾《だんがい》は容赦がなかった。

寛人にも沢渡を縛りつけているという自覚がある。美由紀との結婚さえ許せないほどに。沢渡を縛るためなら、自分の身さえ投げだすほどに。

胸がぎりぎりと絞《しぼ》られたように痛かった。

「寛人くん、黙っているのは、自分でそれをわかっているからでしょ？　もう終わりにすべきなのよ、こんなこと」

寛人はぎゅっと爪が食いこむ勢いで両手を握りしめた。

「ごめん、美由紀。もういいの、やめて……あれからもう何年も経つわ。だから、もういいの。私も忘れる。ずっと寛人君と会いたかった。でも、それは自分の中でけじめをつけるためだったから」

美由紀を宥めるか細い声を聞いた刹那、寛人の胸にどす黒い怒りが噴き上げてきた。

忘れる？　兄さんを？

寛人はゆっくり振り返った。

あの雪の日に、兄さんはこの女に会うために車を出した。

そして、還《かえ》らぬ人になったのだ。

自分にだって罪がある。一生涯、決して許されないことだと思う。

だからこそ、ずっとその罪にとらわれたままだった。

なのに佑子は簡単に兄を忘れると言う。

沢渡もそうなのだろうか？　美由紀が言うように、自分から逃げだして自由になるのが望みなのだろうか？

「おふたりとも、場所をわきまえていただけませんか？　ここはパーティー用の控え室で、ほかのお客様もいらっしゃいます。ぼくとの話し合いをお望みなら、日を改《あらた》めてご連絡ください」

「でも、高見さんがあなたを」

美由紀が困惑《こんわく》したように言う。

寛人は、その美由紀に向けて艶然《えんぜん》と微笑んだ。

「沢渡にはぼくから言っておきます。……沢渡佑子さん、あなたもです。屋敷の電話番号は以前から変わっておりません。どうぞ、いつでも直接ご連絡ください」

最後に呆然としている佑子を一瞥し、寛人はさっときびすを返した。

胸に渦巻《うずま》く怒りの矛先《ほこさき》、それはふたりの女性ではなく、沢渡へと向かっていた。

5

一条院節子主催のパーティーから屋敷に戻った寛人は、ひとりで着替えを済ませ、使用人にお茶の用意を命じて書斎《しょさい》にこもった。

沢渡は出かける前に宣言《せんげん》していたとおり、パーティーのあとも別行動を取っている。

書斎は屋敷の中でももっとも重厚《じゅうこう》な造りで、奥の窓に近い場所にマホガニーのデスク、そして両側の壁は天井までぎっしりと一面が書棚《しょだな》となっていた。

寛人はデスクについて、運ばれてきた紅茶を口に含んだ。

夜もかなり更《ふ》けているので、厨房の責任者はすでに休んでいる。だから文句を言っても仕方がないのだが、紅茶は少しも美味《おい》しくなかった。

寛人はうんざりとした気分で飲みかけのカップをソーサーに戻した。

パーティーで一度に色々な人間と話したせいか、妙に疲れが残っている。

挨拶程度のやり取りならいくらでもこなせる。大学でもパーティーでも同じこと。まわりに群がってくる人間のあしらい方なら心得ていた。それなのに今日は何ひとつまともにやれなかった。

原因は色々あったが、極めつけは美由紀と佑子がぶつけてきた言葉だろう。

佑子は沢渡の従妹、そして佐倉美由紀は大学の後輩。となれば、あのふたりは同級生なのかもしれない。

脩司から沢渡の背信行為《はいしんこうい》についての推測《すいそく》を聞かされ、最初から動揺していたところに、それを肯定《こうてい》するかのような美由紀の言葉……。

沢渡は本気で美由紀と結婚し、屋敷を出ていってしまうかもしれない。

寛人の気持ちが大きく揺れているのは、沢渡と関係を持ったことも原因だった。

あの時は、なんだか追いつめられた気分で、あんな行為に走ってしまったのだ。そして沢渡がなんの変化も見せないことも、気分が鬱屈《うっくつ》している最大の理由だった。

本当は、沢渡の帰りなど待たず、さっさと寝てしまえばいいのだが、はっきりさせておくべき問題もある。

大学の講義の下調べなどやる気にはなれず、本でも読んで時間を潰そうと書斎にこもったのだが、開いたページは少しも進まなかった。

寛人はゆっくり椅子から立ち上がって、窓辺に歩みよった。

濃いブルーの天鵞絨《ビロード》のカーテンを引くと、外はいつの間にか雨模様となっていた。

重い窓を開けると、すうっと冷えた空気が室内に入りこむ。

シャツにスラックスという格好だった寛人は、肌寒さを覚え、自らの手で細い身体を抱きしめた。

胸の奥に巣くっているのは、紛《まぎ》れもない寂しさだ。

幼い頃に母と死に別れ、兄も事故で亡くなった。父とはずっと親しく話すこともなかった。

寛人のそばにいるのは沢渡だけで、ほかの使用人とはかなりの距離を置いて接している。

大学でも会社でも同じこと。好んで親しくしている者など誰もいなかった。

なのに、たったひとり寛人のそばにいる沢渡が、離れていこうとしている。

沢渡を絶対に許さない。

だから、そばに縛りつけておく。

今まで単純にそう思ってきたが、それも怪《あや》しい状況になっている。

冷静に考えれば、沢渡はいつだってここを出ていく権利を有しているのだ。いくら強要しようと、沢渡自身が出ていく気になれば、もう自分には引き留められない。

どんなに理不尽《りふじん》な命令をしようと、沢渡が拒否すれば、もうどうしようもないのだ。

自分がどれほど沢渡に依存していたか、今さらのように気づかされ、そのことでも寛人は少なからず打ちのめされていた。

もし、本当に沢渡が出ていったら、どうすればいい？

沢渡がこの屋敷から出て、一条院からも去ってしまうとしたら……！

何度も同じ疑問ばかりが脳裏を掠める。

外からの冷気でますます身体の芯が震えるようで、寛人はゆるくかぶりを振った。

そんな時、書斎のドアをノックする音が響いてくる。

「失礼いたします、寛人様」

いつもどおりの落ち着いた声とともに沢渡が顔を出し、寛人はほっと安堵の息をついた。

沢渡はすでにフロックコートに着替え、しっかり一条院家の執事に戻っている。

「どこへ行っていた？　おまえが遅いせいで、まずい紅茶を飲まされた。淹《い》れ直せ」

寛人はほっとした気持ちとは裏腹に、不機嫌な声を浴びせかけた。

しかし、よくよく注意して見れば、有能な執事はすでに銀のトレイを持っている。

「そうおっしゃると思いまして、ご用意してまいりました」

沢渡はさっとティーテーブルを用意して、その上にトレイを載せる。

こちらへどうぞ、と声をかけられて、寛人は素直にテーブルの前に置かれた肘掛《ひじか》け椅子に腰を下ろした。

白地のカップには香りのいいミルクティーが注《そそ》がれている。さっそくひと口飲んでみると、チャイだった。

やや刺激のある香りにとろりとした濃厚な味わい。冷え始めていた身体が芯から温もっていくようだ。

やはり沢渡は寛人の好みをすべて心得ている。

たかが紅茶一杯。しかし沢渡がいなくなれば、寛人は何にも満足できなくなるだろう。

胸の奥がまたきしむように痛くなった。

だが、ここで甘い顔をするわけにはいかないのだ。

寛人は飲み終えたカップをテーブルに戻し、静かに沢渡を見つめた。

「色々と説明してもらおうか」

「説明とは、なんのことでございましょうか？」

沢渡はかすかに口角を上げて訊ね返してくる。

あくまで殊勝《しゅしょう》な態度だが、内心で寛人の反応を面白がっているのは明らかだ。

「ふざけるな、沢渡。ぼくが何を訊きたいか、承知しているくせに、とぼける気か？」

「まさか、そのようなことはありません」

「それなら答えろ。まずはさくらホテルとの関係だ。彼女は大学の後輩とのことだが、今日は正式な見合いだったんだろ？　結果、どうなったんだ？　ぼくは、その美由紀さんから、いわれのない忠告まで受けたぞ」

「忠告、ですか？」

さらりと問い返されて、寛人は思わず眉をひそめた。

あの騒ぎのあと、沢渡はすぐ控え室に姿を現した。寛人は入れ替わりで部屋から出たが、残ったふたりから沢渡は事情を聞いたはずだ。それなのに知らん顔をする気なのかと怒りが湧く。

「おまえから手を引けと要求された。美由紀さんは、おまえが一条院から離れて自由になることをお望みらしい」

寛人は吐き捨てるように口にした。

背もたれにどっとよりかかり、そばに立つ沢渡を尊大《そんだい》に見上げる。

沢渡はほんの僅か口元をゆがめた。滅多《めった》にないことだが、怒っているようにも見える。

沢渡は椅子のそばに立ち、上からじっと寛人を眺め下ろしながらおもむろに口を開いた。

「寛人様、私の進退は私自身が決めることです。それに、私ごとき使用人風情の行く末など、寛人様がお気になさることではありません。先方には、そうおっしゃらなかったのですか？」

寛人は沢渡の真意を測りかね、さらに眉をひそめた。

一条院の当主たる者は、何事に対しても、誇りを持ってあたらなければならない。そして、どんな相手にも、決して侮られてはならない。

常日頃《つね》、沢渡から教えられている、当主としての心得だ。

沢渡が不機嫌に見えるのは、寛人がそれを実行できていないと非難《ひなん》しているからだろうか。

だが、沢渡は肝心なことには答えていない。

「話をそらすな、沢渡。ぼくが訊ねているのは、おまえの……結婚問題だ。おまえが誰と結婚しようと、どうでもいい。興味もない。しかし、相手がさくらホテルチェーンの令嬢なら……一条院にも、おおいに関係のある話で……」

寛人はそう口にしながら、何故か胸に痛みを覚えていた。

沢渡に知られたくはないが、心臓も大きく音を立てている。

「それで、寛人様のご意向は？　私と佐倉美由紀様の間に結婚話が進んでいたとして、反対なさいますか？」

沢渡はじっと寛人の顔を見つめてきた。

こういう場面では、自分のカードを見せる前に、相手の真意を探りだすことが重要だ。

最後まで本音を明かさずに駆け引きする。

それも、ほかならぬ沢渡自身に、散々叩きこまれてきたやり方だった。

「ぼくは……何もしない。結婚したいなら、おまえの好きにしろ」

そう言ったとたん、沢渡は僅かに片眉を上げた。

「それでは、お言葉に甘えて、好きにやらせていただきましょう」

揚げ足を取るように宣言され、寛人は息をのんだ。

沢渡はやはり、美由紀と結婚する気だった。

――結婚など、やめろ。命令だ。

本当はそう叫びたかった。

けれど、今さら前言を翻《ひるがえ》すわけにはいかない。

胸の奥が大きくざわめく。激しい動揺を堪えるため、寛人はぎゅっと拳を握りしめた。

「おまえの結婚になど、興味はない……」

それだけ口に出すのが精一杯だった。

沢渡の顔を見ているのもつらくて、故意《こい》に視線をそらす。

こんなことで取り乱したりするのはみっともない。けれど唇が震えてしまって、あとの言葉が続かなかった。

「寛人様、ご気分でも悪いのですか？　お顔の色が優れませんが」

沢渡はそう言って、寛人の額に手をあててきた。

熱があるかどうか、確かめようというのだろう。

「気易く触るな！」

寛人は夢中で沢渡の手を振り払った。

「失礼いたしました」

沢渡はすぐに手を引いたが、ちらりと様子を見ると、口元がほころびかけている。

動揺し、今にも泣き喚きそうになっていることを見抜き、内心で嘲笑《あざわら》っているのだ……。

胸が痛かった。

けれど、その痛みの中から沸々と怒りも芽生《めば》えてくる。

負けるものかと、思った。

こんなふうに、一方的に沢渡に振りまわされるのはいやだ。

寛人はぐっと奥歯を噛みしめ、毅然と沢渡をにらみつけた。

「重ねて言う。おまえが誰と結婚しようが、どうでもいい。だが、もし……もし、おまえの結婚で、一条院が不利益を被ることがあるなら、容赦はしないからな」

勢いよく言ってみたものの、胸の奥がまた抉られたような痛みを訴える。

本当はこんなことが言いたかったわけじゃない。

——結婚など許さない。

本心では、そう言いたかっただけなのに……。

「容赦しないとは、いったいどういう意味でしょうか、寛人様？」

さらりと訊ね返されて、寛人はさらに追いつめられた。

沢渡は相変わらず冷静そのもので、寛人の言葉に動揺している様子もない。

寛人はますます逃げ場をなくし、否応もなく心にないことを口にさせられた。

「……一条院に何かあれば、おまえを……おまえを……切る」

声が掠れてしまい、迫力などどこにもなかった。それでも寛人は最後まで言い切った。

本当は、違う。そんなことは考えていない。

沢渡は、どんなことがあっても手放さない。ずっと自分のそばに置いておく。

願っているのはそれだけだ。

なのに、どうしてもそれを口にすることはできなかった。

寛人が必死に動揺を堪えていると、沢渡がすっとその場で片膝をつく。

「さすがですね。それでこそ寛人様です」

「え……?」

いきなり優しい声で褒《ほ》められて、寛人は目を見開いた。

「つまらぬことで、寛人様がいちいちお心を乱す必要はありません。そうやっていつも誇り高く、毅然としていらっしゃればよいのです」

「ぼくは心を乱してなど……」

我知らず、かっと頬を染めると、沢渡の手が髪に触れてくる。

整った顔に、今度は明らかな微笑が広がっていた。

寛人はもう怒る気にもならず、そのきれいな笑みに見惚れた。

「寛人様、どうぞご安心を。私は寛人様のために動いております。ですから、一条院のことは今までと同じく、私にお任せくださればいいだけです」

「沢渡……」

「よろしいですね、寛人様? すべて私にお任せを」

「おまえを……信用しろと?」

寛人は掠れた声で呟いた。

駆け引きも何も関係なく、沢渡はただ自分を信用しろと要求している。

間近にある沢渡の双眸は澄みきっていた。だから、寛人はただ頷いて、すべてを沢渡に任せてしまえばいいいだけだ。

「寛人様をお助けするのは私の役目。ですから寛人様は先程のように、ただ私に命じればいいだけです」

「すべてを任せるから、いいようにしろ。そう言えばいいのか……？」

寛人は呪縛《じゅばく》されたかのように訊ねていた。

じっと見つめていると、沢渡はさも満足そうにゆっくり口角を上げて頷く。

「美由紀様だけではなく、佑子にも何か言われたのでしょう？　しかし、それもお忘れください。佑子には、二度と寛人様を煩《わずら》わせることがないよう、言い聞かせておきました。あとで脩司様にも申し上げておきます。今後、寛人様を動揺させるような言動は慎《つつし》んでいただくようにと……それで、よろしいですね、寛人様？」

「……」

再度確認されて、寛人は自然と頷いていた。

冷静に考えれば、これも沢渡の手の内なのだろう。沢渡は疑問に答えることもなく、寛人からすべての鍵となる言葉だけを引きだしてしまう。

沢渡が膝をついたせいで、ごく間近に整った顔があった。視線が絡んだだけで、今度は別の意味で心臓が高く音を立てる。

沢渡の指が、乱れた髪を梳き上げる。その優しい感触に、寛人の胸は高鳴った。

もう煩わしいことなど、考えたくなかった。

すべてを沢渡に預けてしまえば、こんなにも楽になるのだ。

「脩司様は、昔から何かと寛人様にちょっかいをかけるのがお好きな方でした。ですから、寛人様も、脩司様に弱みを見せるようなことだけは、なさいませんように」

「……ああ」

「さあ、もう、遅くなりました、寛人様。そろそろお休みのお時間です」

沢渡はそう言って、極上の笑みを浮かべる。

頭の隅にはまだちらりと疑念《ぎねん》が残っていた。

また誤魔化《ごまか》されてしまった。やすやすと沢渡のペースに巻きこまれてしまったのだ。

寛人は悔しさを思いだし、ぶっきらぼうに命じた。

「だったら、今夜も処理を手伝え」

それだけが、この悔しさを解消する唯一《ゆいいつ》の道だった。

けれど、急に羞恥が湧いて沢渡から視線をそらす。

寛人の耳には、くすりと笑いを含んだような声だけが響いてきた。

「かしこまりました、寛人様。すべて私にお任せを」

いつもとなんら変わりない手順で、就寝のための準備が進められていく。

寛人はすでに半裸でベッドの上に横たわっていた。沢渡もフロックコートの上着を脱いで、タイも乱している。

沢渡には欲望処理を命じただけだ。

しかし、沢渡とはすでに最後まで身体を繋げている。いったん経験したものを、知らなかった頃のやり方に戻すことはできない。

寛人が最初に沢渡の手で達かされたのは、一条院の総帥となったばかりの頃だった。しばらく経って、沢渡の口でしてもらうことを覚え、それから後孔を刺激されながら達するようになった。

そして、今はとうとう沢渡自身を受け入れることを覚えてしまったのだ。

だから、もうあと戻りなどできない。今夜も最後まで抱かれることになる。

「寛人様の肌は本当に滑らかですね。こうやって撫でていると、気持ちがいいですよ」

「ああっ」

剥きだしになった胸に手のひらを這わされて、寛人は思わず息をのんだ。

いっぺんに下肢まで熱くなって狼狽《うろた》える。

沢渡は寛人の反応を予測していたかのようにふっと表情をゆるめ、下着の上から寛人の中心に触れてきた。

「もう我慢できなくなったようですね？　寛人様は感じやすいお身体をしておいでだ」

指でするりと張りつめたものの輪郭をたどられる。

「あ……っ」

びくんと、ひときわ大きくそこが揺れ、さらに硬く張りつめた。

「濡れてきましたね」

下着の濡れた部分をつんと上から押され、寛人はかっと羞恥に駆られた。

感じているのは明らかで、言い訳のしようがなかった。そして沢渡は、寛人の恥ずかしさを充分承知のうえで、さらに煽ろうとしている。

「い、いちいちそんなことを言うな」

寛人は腰をよじりながら、辛うじて反撥《はんぱつ》した。

「そうですか？　それは失礼いたしました」

沢渡は口では殊勝に言いながら、きゅっと寛人の中心を握りしめる。

ひっ、と鋭く息を吸いこむと、沢渡はするりと中心をなぞっただけで手を離した。

「早く、外に出してあげないと大変だ……よろしいですか、寛人様？」

寛人は反射的に顔をそむけた。

沢渡がどんな表情をしているか、見なくてもわかる。

「さ、さっさとやれ」

沢渡はくすりと忍び笑いを漏らし、再び寛人の下着に手をかけてきた。

「さあ、下着を下ろしますから、腰を浮かせてください」

「ん」

寛人はぎゅっと目を瞑《つむ》って、恥ずかしい要求に従った。

腰を浮かすと、沢渡が両手で下着を足首まで引き下ろす。すると張りつめたものが、窮屈《きゅうくつ》だった場所から解放され、ふるりといやらしく揺れた。

「これは、すごいですね」

沢渡は呆れたような声を出し、今度は直《じか》にそこに触れてくる。

「あっ」

反撥する暇さえなく上下に軽く擦られて、寛人は腰を震わせた。

馴染《なじ》み深い快感で、一気に欲望が噴き上げてくる。

けれど、沢渡は寛人が達きそうになると、すっと手の動きを止めてしまった。

「まだ、早いでしょう、寛人様……せっかくですから、もっともっと寛人様の感じる場所を探して差し上げましょう」

「あ、……っ」

沢渡がねらってきたのは、胸の粒だった。

すでにパジャマの上ははだけられている。そして剥きだしの胸で赤く色づいた尖りをきゅっとつままれた。

「かわいらしい粒だ。赤く尖って誘っているようですね……」

「あぁっ」

爪の先を押しつけられて、寛人はひときわ高い声を放った。

刺激を受けたのは乳首だけなのに、身体の芯からじわりと痺れが立ち上ってくる。

張りつめた中心からも、とろりと蜜がこぼれた。

けれど沢渡は、そこには触れず、乳首ばかりかまおうとしている。

「あぁっ、や……っ」

きゅっと先端をねじられると、ずきんとした痛みを感じる。けれど次の瞬間には耐え難い疼きが生まれて、身体の芯まで痺れたようになってしまう。

もどかしさにもがいても、ベッドに押しつけられている状態なので逃げられない。

沢渡は胸元をさらに大胆《だいたん》に開いたかと思うと、頭を下げてもう片方の乳首を口に含んでしまう。

根元からちゅくりと吸われると、どうしようもないほど身体が熱くなった。

「あぁっ……や、あ……っ」

過敏《かびん》になった先端を甘噛みされ、寛人は思わず腰を震わせた。

沢渡は空いた手を下肢にも伸ばしてくる。胸への愛撫だけで、そこは今にも弾《はじ》けそうになっていた。

「胸を弄られるのが気持ちがよかったのですか？　もうここもどろどろになってますよ？」

感心したように言う沢渡に、寛人は懸命に首を振った。

でも、なんと言われようと、感じていることは隠せない。

先端を弄られると、溢れた蜜が幹にまで滴《したた》った。

「やっ……く」

「早くしてあげないと、大変なことになりそうですね」

「な、何？」

問いかける暇もなく、蜜をすくい取った沢渡の指が後ろにまわる。

するりと閉じた蕾をなぞられる。それだけで、そそり勃った中心がさらに大きく揺れた。

「ああ、……いや……だ」

はしたない反応を徹底的に暴かれて、寛人は泣きそうに目をすがめた。

「欲しいのでしょう？　ここに……」

沢渡の指が誘うように入り口を撫でる。

寛人の意思とは関係なく、蕾は沢渡の指を歓迎《かんげい》するようにひくひくとうごめいた。

「ち、違う。そんなはず」

「嘘をついてはいけませんよ、寛人様……ほら、私の指が寛人様の中に吸いこまれていく」

「あ、あああっ」

つぷりと深く挿しこまれた。蜜で濡れていた指は、なんの抵抗もなく奥まで進んでいく。

「すごい、歓迎ぶりですね」

くすりと笑われ、寛人はさらに羞恥で赤くなった。

後孔は沢渡の指をくわえこみ、まだ物足りないようにひくついている。

弱い場所をねらったように引っかかれると、ぎゅっと反射的に沢渡の指を締めつけてしまう。

今までもそこは散々沢渡に開発されていた。だから、どう堪えようもなく感じさせられる。

「あああっ」

沢渡は片手で前をあやしながら、寛人の中に入れた指を大胆に掻きまわし始める。

同時に、乳首もまた口に含まれて、ちゅっと吸い上げられた。

前後から刺激を受け、寛人は身も世もなく身体をのたうたせた。

中に入れられた指はすぐに数を増やされ、さらに寛人を惑乱《わくらん》させる。

「あっ、やあ……っ」

「本当に素敵なお身体をしておいでだ」

沢渡の掠れたような声が耳に届き、羞恥を煽られる。

でも、寛人の身体をこんなふうに淫らにしたのは、ほかならぬ沢渡だった。

「ああっ」

ぐちゅぐちゅと聞くに耐えないいやらしい音が聞こえた。

沢渡は空いた手で、時折張りつめた中心も弄《もてあそ》ぶ。同時に尖った乳首もまた甘噛みされた。

あちこち同時に嬲《なぶ》られて、身体中が燃えるように熱かった。

もう最後まで達ってしまわないと、おかしくなる。

寛人は震える両手で沢渡に縋りついた。

「あっ、もう……駄目《だめ》だ……さ、わたり……っ」

甘い声で解放をねだる。

このまま達してしまいたかったが、寛人はすでにもっと熱いものの存在を知っていた。

「堪え性がないですね、寛人様」

呆れたように顔を覗きこんでくる沢渡に、寛人は泣きそうになった。

自分をここまで淫らにしたのは沢渡なのに、ひどい言い方だ。

「いやだ……っ……は、早く……っ」

それ以上は言えなくて、寛人はいちだんと強く沢渡にしがみついた。

「こんなふうに、かわいらしくおねだりされては、仕方がないですね。欲しいなら入れて差し上げます。だから、後ろを向いて」

「え？　……あっ」

ちゅぷりと音をさせながら、押しこまれていた指が抜き取られる。

そして寛人の身体は沢渡の手で、くるりとうつ伏せにされた。

「さあ、寛人様、受け入れやすいように、腰をもっと突きだしてください」

「あ……っ」

両手で腰をつかまれて、ぐいっと持ち上げられる。

四つん這いで男を受け入れる、あられもない格好だった。それなのに寛人は無意識に両足を開き、腰を揺らして沢渡を誘ってしまう。

「よろしいですか、寛人様……力を抜いて」

「あっ……ぅ」

沢渡は手早く自分の下肢を乱し、上からのしかかってきた。

そして熱く疼いている狭間に灼熱の杭が擦りつけられる。

「寛人様……」

「やっ……あぁぁ……」

ぐいっと太い先端を突き挿された。

最初の衝撃を堪える暇もなく、そのまま奥までねじこまれる。

巨大な杭は容赦なく狭い場所を割り広げ、みっしりと付け根まで埋めこまれた。

「くっ、……うう」

あまりの圧迫感《あっぱくかん》で、呻き声が出る。

けれど、沢渡を受け入れた悦びで、寛人の内壁はいっせいにざわめいた。

「素敵ですよ、寛人様の中は……熱くうねって私も我慢できなくなる」

沢渡はいきなり激しく腰を使い始めた。

最奥までねじこまれたものが勢いよく抜かれ、敏感な壁をいやというほど擦られる。

先端だけを中に残す位置まで引き抜かれた杭は、再び弾《はず》みをつけるように奥まで戻された。

沢渡は最初からねらったように、寛人の一番弱い場所ばかり抉ってきた。

「あっ、あああっ……やっ、そんなに早く、う、動くな」

寛人はがくがく揺らされながら、羽根枕に爪を立てた。

「ゆっくりするのがお好みですか、寛人様？」

沢渡はそう言って急に動きを止めた。

それでも狭い中にどくどくと息づくものが居座っている。動きを止められたことで、その大きさと力強さがよけいリアルに感じられた。

苦しいのに、目眩がしそうなほど気持ちがいい。

「ん……っ」

思わず甘い吐息をこぼすと、きゅっととろけた粘膜《ねんまく》が沢渡に絡みついていく。

沢渡は少しも動かずに、寛人の感触だけを味わっていた。

「あ、……あぁ……っ」

じわりと、また張りつめたものの先から蜜が溢れた。

後孔に沢渡を咥《くわ》えこんでいるだけで、こんなにも感じている。

でも、それだけでは焦れったい。もっと激しく動いて最後まで達かせてほしい。

寛人は知らず知らずのうちに、自分から腰を揺らしていた。

背中から覆い被さった沢渡が、その動きを察して声をかけてくる。

「おや、どうなさいました？」

敏感な耳に熱い息を吹きこむように囁かれ、寛人はぶるりと背筋を震わせた。

細かな震えは瞬《また》く間《ま》に身体の芯まで伝わり、ぎゅっとまた中の沢渡を締めつけてしまう。

「や、……ふ、ぅう、……っ」

ひときわ大きな快感が頭頂《とうちょう》まで突き抜けていく。

それでも、まだ足りなかった。

「さ、わた、りっ……、も、もう、達きたい……達き、たいっ」

寛人は激しく頭を振りながら懇願《こんがん》した。

「さきほどは動くなとおっしゃったのに、我が儘な方だ。いいでしょう。寛人様は、しっかり中を掻き混ぜないと達けないのでしょう？　本当に淫らなお身体をしておいでですから」

「や、違う……っ、ああっ」

「何が違うのですか？」

沢渡は意地悪く聞きながら、ゆっくり奥を突き上げてくる。

「やっ、ああっ」

「寛人様は、もっとご自分のことをお知りになるべきです。さあ、存分に味わってください。これがお望みのものでしょう」

沢渡はそう言ったとたん、激しく動き始めた。

「ああっ、ああ――っ、あ、くっ……あ」

腰をしっかり抱えられ、太いもので最奥を突かれるたびに、頭が真っ白になるほど感じた。

「ほら、寛人様のお身体は悦んでいる。この調子なら、前はかまわなくても達けそうですね」

「いやだ……やあっ……」

残酷《ざんこく》に指摘する沢渡に寛人は必死に首を振った。

けれど、後孔を犯されただけで、そこは今にも弾けてしまいそうになっている。

「おいやなら、胸を触って差し上げましょうか?」

宣言どおり沢渡の手が胸にまわる。

両方の乳首をきゅっとつまみ上げられて、それと同時にひときわ強く最奥を抉られた。

「ああっ、あぁ――――っ」

寛人はぎゅっと中の沢渡を締めつけながら、高みへと上りつめていた。

6

大叔母主催のパーティーから三日後のこと。

大学の講義を終え、自分のオフィスで書類に目をとおしていた時に、脩司から連絡が入った。

沢渡はこの日、外での仕事があると席を外しており、寛人は代わりの秘書より内線の連絡を受けた。

「繋いでください」

脩司からの電話だと知って、寛人はすぐに許可を出した。

ちらりと沢渡の忠告も脳裏を掠めたが、今さら脩司を遠ざけるというのも不自然だ。

『お、寛人か。今日はすんなり電話が繋がったな……そうか、やっぱり沢渡、いないのか……』

「脩司さん？」

回線が繋がってすぐ、脩司はひとりで何かを納得している。

沢渡絡みのことでは神経質にならざるを得ない寛人は、小さく首を傾げた。

『この前、言ってた件だが、おまえに紹介したい人物がいる。明日の夜、沢渡に内緒で出てこられるか？』

　いきなりの要請《ようせい》に、寛人は押し黙った。

　沢渡には散々釘を刺されたばかりだ。だから脩司の誘いに乗ることに躊躇いがあった。

『何を迷ってる？　沢渡は今頃、さくらホテルの令嬢とデート中だぞ。このところ頻繁《ひんぱん》で、毎日のように令嬢と出歩いているそうだ。だからおまえだけ大人しくしていることはない』

　さりげなく明かされた情報に、寛人は息をのんだ。

　外での仕事というのは、佐倉美由紀とのデートだったのか？

　――寛人様のために動いております。一条院のことはすべてお任せください。

　そう言った沢渡の声が脳裏に蘇《よみがえ》り、寛人は目眩がしそうだった。

　沢渡は、結婚を止める、などとはひと言も言っていない。

　それなのに、あの話はもう終わりだと思いかけていた自分は、なんと単純だったのだろうかと笑いだしたくなる。

『寛人、どうした？』

　黙りこんだ寛人に、受話器の向こうで心配そうな声が上がる。

「すみません、脩司さん……明日の夜なら大丈夫です。行き先は言わずに出かけます。でも、どういった方とお会いするんですか？」

　寛人は内心のざわめきを堪え、極力《きょくりょく》冷静に答えた。

『明日、アメリカ大使館の関係者が集まる会食がある。場所はうちの系列ホテルだ。おまえに会わせたいのは、スターホテル・チェーンのオーナーだ』

「スターホテル？」

寛人ははっとなって問い返した。

スターホテルは、北米を中心に展開する巨大ホテルチェーンだ。会食の目的はいやでも想像がついた。スターホテルは日本市場への参入を目論《もくろ》んでいるのだろう。

脩司がここでどういう役目を果たしているのか、わからないが、スターホテルの上陸は脅威《きょうい》だ。

沢渡のことは抜きにしても、少しでも情報を得るために、この機会を逃すわけにはいかなかった。

『いいか、沢渡にはくれぐれも内密にな』

「わかりました」

寛人が答えると、脩司は約束の場所や時間を告げて電話を切る。

通話を終え、寛人は大きくため息をついた。

脩司のこだわり方からすると、沢渡はスターホテルのことをすでに知っているのかもしれない。

それで佐倉美由紀とのつき合いを深めて……。

そんな考えが浮かび、寛人はゆっくり頚《くび》を振った。

理由がどうあろうと、沢渡が自分のそばからいなくなることに変わりはない。

デスクの上には決済用の書類が山と積まれていた。

明るく広々としたオーナー用のオフィスで、寛人はただ用意された書類に目をとおし、判を押していくだけが仕事だ。

もちろん重鎮《じゅうちん》の揃う役員会も機能している。しかし、経営の根幹《こんかん》はすべて沢渡が握っていると言っても過言ではなかった。

それに比べ、一条院の総帥となって二年も経つのに、自分はいまだにお飾りのオーナーでしかない。

「これからどうなるんだろう？　ぼくは……何を望んでいるのだろう……」

誰へともなく呟いて、寛人は額に手を置いた。

しんと静まり返った室内には、答える者もいない。

あの男がそばにいないだけで、こんなにも心が空虚《くうきょ》になる。沢渡という存在は、いつの間にか寛人のすべてと言っていいほど、巨大なものとなっていたのだ。

失えば、あとには何も残らない。

本当に、何ひとつ残らないだろう。

その時、再びデスクの上でコール音が響いた。

寛人はびくりとなったが、ひとつ息をついて受話器を取り上げた。

『寛人様、沢渡です』

「沢渡……か」

寛人は呻くようにその名を呼んだ。何故だか喉がからからに渇《かわ》き、受話器を握る手に汗が滲んでくる。

『どうか、なさいましたか？』

沢渡は、受話器をとおして寛人の気配を察したらしく、心配そうに訊ねてくる。

「……別に……なんでも、ない……」

『そうですか。それならいいのですが……このところおそばについていられなくて、申し訳ありません。何かご不自由なことや、お困りのことはありませんか？　もし、何かあるようでしたら、係の秘書に申しつけてください。すぐ私に連絡がつくよう手配はしてあります』

沢渡は外にいるのか、周囲の騒音《そうおん》が同時に聞こえてきた。

今時、珍しいことだろうが、寛人は携帯を所持していない。常に沢渡がそばにいて、すべての手配を整えてくれるので、今まで必要としたことがなかったのだ。

「いい……おまえがいなくても別に不自由はない」

寛人がそう答えると、沢渡がほっと息をつく。

心配しているというのは本当なのだろう。

『寛人様、あとひとつご報告がございます。今取りかかっている件で、今日、明日の二日間は戻れそうもありません』

「戻れない？」

『はい、今日は東京を離れております』

寛人はほとんど上《うわ》の空《そら》で沢渡の話を聞いていた。

だが、その途中、ふと聞こえてきた声に神経を逆撫《さかな》でされる。

――高見さん、タクシー来たわよ。

偶然《ぐうぜん》、耳に飛びこんできた声は、あの佐倉美由紀のものだった。

「……」

女性同伴《どうはん》で泊まりがけの仕事……？

いや、沢渡は今取りかかっている件でと言っただけで、仕事とは口にしていない。

いくら寛人が恋愛関係に奥手《おくて》でも、これが仕事だけが目的ではないことは理解できる。

現実として突きつけられた状況に、寛人は唇を噛みしめた。

『寛人様？』

沢渡はまた心配そうな声を出す。寛人が美由紀の声を聞いてしまったことには、まだ気づいていない様子だった。

「……こっちは別に問題ないと言っただろう」

『寛人様のお世話に関しては、屋敷の者にもすべての手配を言いつけてあります。ですから』

「くどいぞ、沢渡。おまえは明日までいない。そういうことだろ？　ぼくは子供じゃない。おまえなどいなくとも平気だ。困ることは何もない。用がそれだけなら、切るぞ」

寛人はそう言って、一方的に通話を終了した。

沢渡は佐倉美由紀と一緒にいる。

何にも増して、その事実が衝撃だった。

「あは……ははは……」

寛人はおかしくてたまらなくなり、大声で笑い続けた。

沢渡と話している最中は、脩司と約束を交わしたことさえ思いださなかった。

お陰で寛人は沢渡に嘘をつく必要もなかったのだ。

†

翌日の夜。寛人は一条院の系列ホテルで脩司と落ち合った。

都内でも有数の高級ホテルとしてランクされているホテルだ。

リムジンでエントランスに乗りつけると、ホテルのスタッフがずらりと並んで出迎える。

これは寛人がオーナーだから特別なのではなく、ハイクラスの常連客に対する通常のサービスだった。

寛人は総帥として、さりげなくロビーの様子も観察した。

シャンデリアの光が眩《まぶ》しく輝き、スタッフもきびきびと動いている。フロントやロビー、カフェテリアなどにいるどの客を見ても、不満そうな顔をしている者はいなかった。

「寛人、こっちだ」

ロビーの奥からダークスーツを着た脩司が片手を上げて、こちらへと近づいてくる。

少人数での会食と聞いていたので、寛人自身はかっちりとした三《み》つ揃《ぞろ》いに身を固めていた。

「沢渡は？　大丈夫だったのか？」

そばまで来た脩司がこっそりと耳打ちしてくる。

「ええ、問題ありません。沢渡はちょうど東京を留守《るす》にしているので」

寛人がそう報告すると、脩司はさもおかしげに、くくくっと笑いだす。

「ふん、タイミングとしてはちょうどよかったな。あれは今頃香港《ホンコン》だろう？」

脩司の言葉に、寛人はぐっと返事に詰まった。

沢渡からは行き先など聞いていない。まさか、あれが香港からかかってきた電話だとは思いもしなかった。

寛人は辛うじて顔色が変わるのを堪え、柔和な笑みを浮かべた。

外部の脩司でさえ承知のことを、主である自分が知らなかったでは済まされないだろう。

「……明日までは戻らないはずです。でも、どうして脩司さんが沢渡の行き先を知っているのですか?」

「それぐらいの情報収集はするさ。どうせまた例の令嬢と一緒なんだろ? 計画、着々と進めているらしいからな。まあ、いくら足掻いても同じだけどな。さ、行くぞ寛人」

脩司に促《うなが》され、寛人はなんとなくわだかまりを残しつつもあとに従った。

エレベーターでVIP専用のフロアへと向かう。

この階にはスイートルームが入っており、その滞在者《たいざいしゃ》のための会議室やレセプションルームなどがあった。脩司が案内したのも、そういった部屋のひとつだ。

中央に真っ白なリネンの掛かったテーブルが用意されている。席についていたのは十人ほどの外国人だった。四十代以上の者が多く、それぞれ新聞や雑誌でも顔を見かける重要人物ばかりだ。

「皆さん、お待たせしました。この一条院グループ総帥、又従兄弟の寛人です」

脩司がにこやかな笑みとともに、寛人を紹介する。

来客は皆、席を立って寛人を迎えた。

「おお、君がイチジョーインの若き総帥か。なんとかわいらしい人だ」

一番に声をかけてきたのは、年齢が五十歳ほどの、銀髪《ぎんぱつ》の紳士《しんし》だった。

「寛人、こちらはスターホテルのオーナー、ジョーンズ氏だ」

「初めまして、一条院寛人です」

脩司の紹介で、寛人は恰幅《かっぷく》のよい男に向かい、礼儀正しく握手《あくしゅ》のための手を差しだした。

「よろしく、ジョーンズだ。しかし、本当に人形のようにきれいな男の子だな」

ジョーンズは寛人が出した手をやけに熱心に握りしめてくる。

汗ばんだ感触がいやだったが、寛人は表情には出さずに、ジョーンズが手を離すのをじっと待った。

薄い茶色の目で、穴のあくほど顔も見つめられる。

ジョーンズの口元が一瞬だらしなくゆるみ、それにも悪寒《おかん》が走る。

この調子では不快感を顔に出さないために、非常な努力が必要だ。

幸いにも、後ろからすぐに新たな客が声をかけてきて、寛人はようやくジョーンズの手から解放される。

「おい、ジョーンズ。男の子とは失礼な言い方だぞ。彼は若くても、イチジョーインをしっかり切りまわしている優秀な総帥だよ」

ジョーンズを窘《たしな》めたのは大使《たいし》だった。ふたりは学生時代からの友人同士とのことで、その後も気楽なやり取りを続けている。

ひととおり挨拶が終わり、皆が改めてテーブルにつくと、ホテルのスタッフが次々に料理を運んでくる。格調《かくちょう》高いフランス料理のコースだった。

北米を拠点とする脩司は、ここにいる要人《ようじん》全員と顔見知りらしく、和《なご》やかに話をしている。

寛人をこの会食に誘った目的はまだ不明だが、そつなく振る舞っているのはさすがだった。

寛人は一条院ホテルが提供するサービスに、集まった客たちが満足しているかどうかも気にかかった。

オードブルは充分素材を吟味《ぎんみ》した魚介類《ぎょかいるい》のマリネが中心。盛りつけにも気を遣ってある。

「おお、さすがにイチジョーインはすばらしいですね。こういった小さな会でも、いっさい手抜きがない。ワインもよいものが置いてある」

「お褒めいただき、光栄です。ジョーンズさん」

コースが進むたびに、ジョーンズが如才《じょさい》なく誉《ほ》めちぎる。そして受け答えする脩司の口も滑らかだった。

「ヒロト、や、失礼。ミスター・イチジョーイン」

「どうぞ、ヒロトとお呼びください、ジョーンズさん」

ジョーンズは席が隣になった寛人にも、何かと親しげに話しかけてくる。

「そうか、ありがとう。それならヒロトと呼ばせてもらうよ。ヒロト、君はまだ大学生でもあるという話だが、学生生活は楽しいかね？」

「ええ、それなりに楽しんでおります」

「君のようにかわいいと、恋人候補もさぞたくさんいるのだろうね」

「いいえ……今は学業に身を入れるべきだと思っておりますので」

「それはつまらんな。若い頃には恋をしたほうがいい。しかし、君は会社のほうにも顔を出しているんだったね？　もしかしてそっちに意中の人でもいるのかね？」

「会社では書類を眺めているだけです」

「それはなんとも、もったいない話だ」

寛人は内心でうんざりしつつも、曖昧な笑みを浮かべた。

やはり、このタイプの男は苦手だ。

気やすい会話を交わすのはいいが、プライベートな話題は避《さ》けるのがマナーだろう。

だが、一代でスターホテルをのし上げた男は、洗練された上品な話にはあまり興味がないらしく、それからも寛人の私生活ばかりしつこく訊ねてくる。

脩司はその頃、大使館関係者の話に耳を傾《かたむ》けており、少しも助けにはならない。それで寛人は仕方なくジョーンズの相手を続けることになったのだ。

コースが終わりに近づき、デザートとコーヒーが出された時には、かなり疲れが出ていた。

その後もしばらく雑談が続き、すべてのコースが終了すると、集まった者たちは、それぞれ引き揚げの準備を始める。

今日は単なる顔つなぎが目的だったのだろう。

しかし、その時になって脩司がこっそりと耳打ちしてきた。

「寛人、このあとジョーンズ氏の部屋で内密に話をすることになっている」

「え、これからですか？」

「そっちが今日の本命だ。俺がつまらんディナーだけで、わざわざおまえを呼ぶわけないだろ。俺はあの人たちを下まで送ってくるから、おまえはジョーンズ氏と先に彼のスイートへ行っててくれ。あとで色々説明する」

「え」

脩司に背中を押された寛人は戸惑《とまど》った。けれど反論する暇もなく、横に立っていたジョーンズに腕を取られる。

「皆さん、一条院でのディナーを楽しんでいただけましたか？　今日はジョーンズ氏のご招待でしたが、当ホテルを気に入っていただけたようでしたら、ぜひ今後ともよろしくお願いいたします。さあ、私が下までお見送りしましょう」

「ああ、今日はすばらしいディナーだった」

「サービスの質もいいし、スタッフも粒ぞろい。このホテルは本当にいいね」

脩司の言葉に応え、客は満足そうにぞろぞろと部屋から出ていく。

「それでは、またの機会に」

ジョーンズは寛人の腕をつかんだままで、彼らを見送った。

寛人は、自分もロビーまで一緒に行くと言いたかったが、結局は、同じフロアにあるジョーンズの部屋に向かうはめになる。

「さあ、こっちだよ、ヒロト」

るはずだ。

馴れ馴れしいジョーンズとふたりきりになるのはいやだった。しかし、脩司がすぐに戻ってくるはずだ。

そう思って寛人は仕方なくジョーンズの部屋へと足を踏み入れた。

豪華《ごうか》な内装と居心地のよさ、それに質のよい徹底したサービスを売りにしているプレジデンシャルスイートだ。

広々とした部屋には、上品な家具が配置され、一面がガラス張りとなっている窓からは、きれいな夜景が見渡せた。

「さあ、シュージが戻って来るまで、こっちに座って待っていてくれ。君は何がいい？　シャンパンとコニャックは先に頼んでおいた。ほかのものがよければ、ホームバーで探してくるが」

ジョーンズは寛人を窓際のソファに座らせ、自分はさっそくタキシードの上着を脱ぎ捨てている。

その態度にも寛人は嫌悪《けんお》を覚えた。

いくら彼自身の部屋でも、今はほかに客がいる。それに脩司が来れば、すぐ仕事の話になるはずだ。なのに、ジョーンズは完全にリラックスしている様子だ。

「ぼくはけっこうです。何もいりません」

寛人はかすかに眉をひそめ、硬い声で断った。

そのとたん、ジョーンズが困ったように両手を広げる。

「ヒロト、そんなに緊張することはないだろう。私は腹を割って君と話したいだけだ。アルコールがいやなら、何かジュースでも持ってこよう。私ひとりで酒を飲むのは気が引けるからね。このホームバーにはなんでも揃えてあるのだろう?」

「ええ、もちろんです。足りないものがあれば、スタッフに申しつけていただければ」

寛人がそう応じると、ジョーンズはさもおかしげに笑う。

「ほんとに君は真面目なんだね。スタッフの手を煩わせるほどのことでもないだろう。さあ、何がいい?」

「それでは、アイスティーをお願いします」

いつまでも我を張っているのもどうかと思い、寛人は適当に頼んだ。

「OKだ。すぐに用意しよう」

ジョーンズは何故か嬉々《きき》とした様子で、部屋の片隅に設《もう》けてあるホームバーへと移動する。

寛人はその後ろ姿を見ながら、短くため息をついた。

馴れ馴れしすぎる態度には決して好感は持てない。しかし、ジョーンズはその気取りのなさと強引さで成功を収めてきたのだろう。

今までは沢渡が矢面《やおもて》に立ち、対外的なつき合いをしてきたが、自分だっていつまでもその庇護《ひご》下《か》で甘えているわけにはいかない。今後はこういう押しつけがましいタイプのビジネスマンとも、うまくやっていく必要がある。

ジョーンズはすぐに寛人の飲み物を用意して、戻ってきた。

どすんと、いきなり隣に座られて、寛人はびくりとなる。

「さ、ご注文のアイスティーだ。私は失礼してブランデーだが、かわいい君に出会えた夜を記念して、さっそく乾杯《かんぱい》しよう」

「え、でも脩司さんがまだ……」

「ロビーで話しこんでいるのかもしれない。彼が戻ってきたら、また乾杯すればいい。さあ」

ジョーンズに無理やりアイスティーのグラスを押しつけられて、寛人は仕方なく乾杯をした。

口をつけると、アイスティーはかなり甘くなっていた。寛人を子供だと思い、わざわざガムシロップを多めにしたのだろう。

好みではなかったが、寛人は儀礼的に三分の一ほどそのアイスティーを飲み干した。

「さて、ヒロト。シュージが来る前に、君にアウトラインだけ説明しておこう」

ジョーンズがいきなり口調を変え、寛人は僅かに首を傾げた。

「率直《そっちょく》に言って、私はイチジョーインとの合併《がっぺい》を望んでいる。シュージにはすでに伝えてあるが、君にもぜひ賛成してもらいたい」

「！」

あまりにも思いがけない言葉に、寛人は絶句した。

一条院が経営するホテルは国内、海外を合わせても、まだ百に届かない。しかしスターホテルは北米を中心に次々と新規《しんき》の巨大ホテルをオープンし、そのうえ安い料金で泊まれるモーテルのチェーンも千以上はあるはずだ。

規模《きぼ》からすれば、一条院は完全にスターホテルにのみこまれてしまうことになる。合併とは名ばかりで、実態は乗っ取りに等しい結果になるのは目に見えていた。

一条院グループは様々なビジネスを展開しているが、ホテル業はその中でも一、二を争う中核《ちゅうかく》的《てき》なものだ。

脩司はどういうつもりで、自分をこの男に会わせたのだろうか。

寛人は表情を取り繕《つくろ》う余裕もなく、思いきり顔をしかめた。

「脩司は……あなたに何を言ったのでしょうか？　いきなりそういったお話をお伺いしても、私としてはお断りするしかないと思いますが」

寛人は憮然《ぶぜん》として告げたが、ジョーンズはさすがに強《したた》かで、逆ににやりと笑われてしまった。

「シュージは、合併を進めるには、イチジョーインのトップである君を説得する必要があると助言してくれただけだ。しかし、それを抜きにしても、君は本当に魅力的だ。怒った顔が実にかわいい。これはぜひ、イチジョーインともども手に入れたいところだね」

ジョーンズは冗談めかして言いながら、いきなり寛人の肩を抱きよせてきた。

「何をなさるんですか？」

びくんと大きく身を退いた反動で、手に持っていたグラスを落としてしまう。

グラスはローテーブルの上に転がって、中身がばしゃっとスラックスにかかった。

「おっと、大変だ」

「あっ」

寛人は反射的に立ち上がろうとしたが、ジョーンズの手が伸びて無理やりソファに引き戻される。そのうえ、強引に抱きすくめられて、寛人は心底恐怖を感じた。

「ヒロト、君のことが気に入った。私は君ぐらいの少年が大好きでね、どうだい？　合併の話も含め、これから私と仲よくしてくれないか？」

ジョーンズはしっかり寛人を押さえこみ、キスをしようという態勢だ。

「やめてください！　こんなことをなさるなら、ぼくはもう帰らせていただきます」

寛人は渾身の力を込めて、ジョーンズの巨体を押しやった。

いくらなんでも、この男はおかしすぎる。これはもうビジネスとはなんの関係もない行為だ。

脩司にも厳しく意見しなければならなかった。もう少しジョーンズの素行《そこう》を調べてから動くべきだろう。

だが、今はとにかくここから逃げだすことが最優先だ。廊下で脩司に会えば、その時、色々と訊きだせばいい。

「あ……っ」

寛人は辛うじてジョーンズを躱《かわ》し、ソファから立ち上がった。だがその瞬間、がくっと膝から力が抜けて、へなへなと頽《くずお》れてしまう。

身体が異常に熱くなり、手足には軽い痺れも生まれていた。

「おお、けっこう効《き》き目が早いね。君は少ししか飲まなかったから、もっと時間がかかると思ったが」

「まさか……さっきのアイスティー？　な、何を入れた？」

ジョーンズは隣に座り、余裕で寛人を眺めている。

「君とはぜひ仲よくしたかったのでね、大丈夫。悪いものではないよ」

かっとなって叫んだが、ジョーンズはにやにやと笑っているだけだ。

あまりのことに、寛人は呆然となった。

「こんなことをして、信じられない……脩司さんもすぐ戻ってくるのに……」

「彼は戻ってこないよ。君を説得する時間が欲しいと、事前に頼んであるからね」

「そんな、まさか……脩司さん、最初からこうなることを知ってて……？　嘘だ。信じられない」

いやな予感を払おうと、寛人は激しく首を振った。

これはきっと何かの間違いで、脩司もこの男に騙《だま》されているのだろう。

「その泣きそうな顔は、実にそそられる。シュージに裏切られたと思って、悲しいのだろう？　可哀想だから、教えてあげようか。シュージはあくまで個人的に君を説得しているだけだと思っている。私が薬まで使うとは知らないはずだ。私は君に一目惚《ひとめぼ》れしたんだよ。君とのひと時を楽しみたいだけだ。だから、ね、大人しく言うことを聞きなさい」

ジョーンズはそう言って、また手を伸ばしてきた。

薬の効き目が顕著《けんちょ》になって、身体の自由が利かない。だから、やすやすと抱きすくめられてしまう。

「やめろ！」

寛人は叫びながら、必死にもがいた。

「さあ、もういい加減諦めなさい。私と一緒に素敵な夜を過ごすと言うんだ」

「いや、だっ！」

ジョーンズは余裕で寛人を抱きよせて、顔を覗きこんでくる。

もう寛人には逃げ道がない。そう思って強引な行動には出ないで、説得にかかろうとしているらしい。

なんとか隙を見て、電話のあるところまで行くことができれば、フロントを呼びだせる。

しかし、ソファから電話までの距離は、今の寛人には果てしなく遠かった。

そのうちに手足だけじゃなく、身体もぐったりと痺れてくる。しかも恐ろしいことに、身体の芯にはおかしな熱まで生まれていた。

「本当にかわいいね」

ジョーンズはにやりと笑いながら、寛人の頬を撫でてきた。

必死に顔をそむけると、今度は肩から胸をとおり、足の付け根まですうっといやらしく撫でられる。

スーツの上からだったが、あまりのおぞましさで鳥肌《とりはだ》が立った。

だが、それも次の瞬間には、またおかしな疼きに変わってしまう。

「なんの……薬を、飲ませた？」

「もう身体がおかしくなってきたのか？　心配することはない。軽い媚薬《びやく》だよ。最初に身体が痺れて動けなくなるんだが、その効果はすぐに薄れる。あとはどこに触れられても死ぬほど感じるだけだから安心しなさい」

ジョーンズは楽しげに説明する。そして寛人に媚薬の効果が出始めたことを知って、本格的にのしかかってきた。

「いやだっ！　は、離せっ！」

ソファの上に転がされて、寛人は懸命に暴れた。

けれど身体はろくに動かない。その間にジョーンズがベストに手を伸ばしてくる。

ぐいっとボタンを引き千切《ちぎ》る勢いで左右に開かれ、そのあと中のシャツもはだけられる。寛人は絶望的な気分になった。

「おお、なんときれいな肌だ。すべすべして、まるでシルクのようだ」

直に肌を撫でられて、寛人は唇を噛みしめた。

けれど、ジョーンズの手が胸の頂を掠めると、身体の奥で劇的な変化が起きる。

「かわいい粒だ。きゅっと尖ってきたね」

ジョーンズは笑いながら、寛人の乳首をつまみ上げる。

そのとたん、強い刺激が身体中を走り抜けた。

「あぁっ」

思わず高い声を上げると、ジョーンズがますます満足そうに茶色の目を細める。

空いた手を下肢に滑らされ、寛人は激しく首を振った。

恐ろしいことに感じ始めていた。ジョーンズはそれを思い知らせるように、形を変えつつあったものを握りしめてくる。

「これでもう私を拒《こば》めないね。さあ、ヒロト、たっぷりかわいがってあげよう」

ジョーンズは媚薬の効果がしっかり表れるまで待っていたのだろう。寛人の変化を知ったとたん、待ちきれなかったようにあちこち撫でまわしてくる。

もうどこにも逃げられなかった。

ジョーンズが胸の尖りに吸いついてきた瞬間、寛人は掠れた悲鳴を上げた。

「やっ、……助けてっ！　沢渡！　沢渡！　いやだっ！」

しかし、どんなに叫ぼうと、沢渡がいるはずもない。

「サワタリ？　それが君の恋人かい？　でも、どんなに叫んでも聞こえないよ。ここは君の、イチジョーインご自慢のスイートだからね」

寛人はきつく唇を噛みしめた。

なんの疑いも持たずについてきた自分の迂闊さが心底いやになる。

こんな男に襲われるのは死んでもいやだ。でも沢渡は今、香港で、助けてくれるはずもない。

だが、その時、突然室内にチャイムの音が響き渡った。チャイムは一度では終わらず、何度も何度も続けざまに鳴らされる。

「いったい、何事だ？　このホテルはなんだ？」

さすがのジョーンズもチャイムのうるささに、怒鳴り声を上げる。

しかし、チャイムではなく、いきなりドアが開けられたのは、その直後だった。

「なっ、馬鹿者！　貴様《きさま》はなんだ？　何をかってに？　ここは私の部屋だぞ！」

部屋への侵入者《しんにゅうしゃ》に対し、ジョーンズは怒りもあらわに詰めよっていく。

この機会を逃せばもうあとがないと、寛人は懸命にソファから上半身を起こした。

そして、そこに信じられない男の姿を発見して、息をのむ。

「あっ！」

沢渡だった。

マスターキーを使って強引に部屋に入ってきたのは、スーツ姿の沢渡だったのだ。

「貴様、いったいなんのつもりだ？　すぐに出て行け！」

ジョーンズは力任せに沢渡の肩を押す。だが、それぐらいで沢渡が怯むはずもなく、ジョーンズは簡単に押しのけられた。

「なんのつもりかとは、こちらの台詞《せりふ》です。ここでいったい何をなさっておられたのですか？」

沢渡は真っ直ぐ寛人のいるソファに向かいながら、冷ややかにジョーンズを問いつめる。

「貴様にはなんの関係もない。どうやって入った？　即刻《そっこく》出ていけ！」

「出ていってもらうのは、あなたのほうです。当ホテルでは犯罪者、及び迷惑《めいわく》行為をなさる方はお泊めできない規則《きそく》となっておりますので」

「なんだと？　貴様、私を誰だと」

ジョーンズは喚いていたが、沢渡はもう相手にさえしていなかった。

「寛人様、お迎えに来るのが遅くなりまして、申し訳ございませんでした」

「遅い！　……い、今まで何をしていた？」

寛人は安堵のあまり、どっと涙を溢れさせた。

沢渡はすうっと手を伸ばし、寛人の身体を軽々と抱き上げる。

「ああ、申し遅れました。私は寛人様の秘書兼執事を務めております沢渡です。主は具合《ぐあい》が悪い様子。このまま連れ帰らせていただきます。ジョーンズ様、ビジネスのお話がおありでしたら、今後は私をとおしてアポイントをお取りください」

沢渡はそれだけ告げると、もうジョーンズには興味をなくしたように背を向けてしまう。

「なるほど、貴様がサワタリか」

唸るような声が聞こえてきたのは、ドアが閉まる寸前だった。

†

寛人はホテルのスイートから、沢渡に抱きかかえられて屋敷まで戻ってきた。

馴染んだ腕の中でだいぶ恐怖は治《おさ》まったが、ジョーンズに無理やり飲まされた薬のせいで、身体が燃えるように熱くなっている。リムジンから降りる頃には、身体の芯からその熱が噴きだしてくるようだった。

「しっかりなさってください、寛人様」

「大丈夫だ。自分で……歩ける……っ」

屋敷の玄関で寛人は意地を張って沢渡を押しのけようとしたが、次の瞬間には膝ががくがくして、その場に頽れてしまう。

「寛人様！」

沢渡に再び抱き支えられて、寛人は熱い吐息を吐いた。

「沢渡……っ」

こんな情けない状態を沢渡に知られるのはいやだ。

悪辣《あくらつ》な男の餌食《えじき》になる寸前だった。それだけでもプライドが傷ついているのに、このうえ薬を使われて身体がおかしいなどとは、恥ずかしくてとても言いだせない。

けれど沢渡は寛人を抱いたままで、ため息をつく。

「強情《ごうじょう》を張られても、仕方がないでしょう。もうすべてわかっております。そのご様子からすれば、一目瞭然《いちもくりょうぜん》……油断なさるからですよ」

「ぼ、ぼくは……っ」

寛人は自己嫌悪《じこけんお》に陥《おちい》って、ふるふるとかぶりを振った。

「いくら悔しく思われても、お身体がそんな状態ではどうしようもないでしょう。さあ、ベッドルームまでお運びしますから、大人しくなさってください」

沢渡はそう言って、すぐさま寛人の両足をすくい上げて横抱きにした。

もう小さな子供ではないのに、沢渡はしっかりとした足取りで寛人を寝室まで運ぶ。

胸の奥で渦巻いているのは、自分への怒りだ。

沢渡に報告もせず、脩司の誘いに乗って会食に参加した。そのあげくジョーンズに襲われそうになったのだ。沢渡が助けに来てくれなければ、どうなっていたかと思うとぞっとする。

けれど、こうして救いだされたことも屈辱だった。

——寛人様、おひとりでは、どうせ何もおできにならないでしょう？　最初から大人しく、私の言うとおりにしていればよかったのですよ。

沢渡にそう言って笑われることを想像すると、まぶたの裏が真っ赤になるほど悔しさが募る。

「もう、いい。下ろせ。自分で……着替える」

ベッドまであと数歩のところまで来て、寛人は切れ切れに命じた。

「それでは、ドレッシング・ルームまでお連れしましょう」

沢渡はそう言って忍び笑いを漏らし、そのあと隣部屋まで軽々と寛人を運んでいく。

そこは寛人が着替えのために使っている場所だった。両側の壁に造りつけのクローゼットが並び、中に衣装がたっぷり収められている。窓と反対側の壁は一面の鏡張りになっており、着替えで使う椅子とカウチ、小さなテーブルなどが置かれている。

寛人は沢渡の腕から下ろされたと同時に、その鏡に両手をついた。

乱れた自分の姿が目に入り、羞恥に駆られる。

ここを出た時はどこから見ても隙のない姿だったのに、今はすべてがよれよれになっていた。

ネクタイがだらしなくゆるみ、ベストもシャツも、ボタンがいくつか飛んでいる。

髪もくしゃくしゃに乱れ、媚薬を飲まされたせいで火照《ほて》った頬と、潤んだ瞳。みっともないことこの上なかった。

鏡の中には長身の沢渡も映っている。寛人とは対照的に、ダークスーツ姿の沢渡はどこにも乱れたところがない。どちらが主人かわからぬほどの威厳《いげん》を保っていた。

寛人はその姿から視線を外し、三つ揃いの上着を脱ぎ落とした。

けれど、たったそれだけのことで、ずきりと身体の芯が疼いてしまう。

「寛人様、お手伝いいたしましょう」

「いい。触るな……っ、ひとりでできる」

寛人は肩を激しく上下させながら、沢渡の言葉を拒絶した。

着替えを手伝わせるのはいつものことだが、こんな状態で沢渡に触れられてはたまらない。

しかし、意地を張ろうと思っても、身体の芯から来る震えで指先ひとつまともに動かなかった。

「ずいぶんとおつらいようですね。そのご様子では、着替えよりも先にすることがおありのようだ」

「……っ」

寛人は泣きそうになりながら首を振った。

それでも沢渡の手が肩に触れただけで、ぐずぐずと身体が頽れてしまう。結局は沢渡に背中から しっかりと抱かれるような格好になってしまった。

「いったい、何をしておいでだったのか……呆れたものですね」

「うる、さい……っ」

「それにしても、よくここまで我慢なさったものだ」

後ろからまわった沢渡の手でシャツをはだけられる。胸の粒は最初から勃ち上がっていた。過敏になった先端に布地が擦れただけで、大きく震えてしまう。

どくりと下肢にもまた熱がたまり、寛人は涙を滲ませた。

「やっ……ぁぁ……」

「楽にして差し上げましょう。これではどうしようもないでしょうから」

沢渡はいつもどおり冷静な声で告げ、シャツの中に手を忍ばせてきた。

尖りきった粒をきゅっとつままれる。

「ああっ！」

ひときわ大きな快感が突き抜けて、寛人は思いきり仰け反った。けれど足には少しも力が入らず、ぐらりとよろめいてしまう。

「おっと、危ないですね」

そう言った沢渡が、寛人を抱いたままでカウチに腰を下ろす。

足がぐらつく心配はなくなったものの、寛人はかっと羞恥に駆られた。

沢渡の膝に乗り、後ろ向きで抱かれている格好だ。しかも沢渡は両手を伸ばし、器用にスラックスを脱がせにかかっている。

「いや、だ……っ」

下着にも沢渡の手がかかり、寛人は激しく身をよじった。

「今さら何をおっしゃっているのです？　寛人様の恥ずかしい格好なら、すでに何度も拝見《はいけん》しております。さあ、ご自分でもお確かめください。あなたがどれだけ淫らに男を誘うか、鏡に全部映っておりますよ」

　意地の悪い指摘に思わず目を見開く。

　目の前の鏡には、言われたとおりの姿が映っていた。

　カウチに腰かけた沢渡に抱かれ、ぐったりと背中を預けている。

　ベストとシャツがはだけられ、白い肌があらわになって、赤くなった乳首をいやらしく尖らせていた。おまけにスラックスと下着も奪われて、両足をだらしなく広げ、辛うじてシャツの裾に隠れているものの、中心をこれ以上ないほど勃たせてしまっているのだ。

「い、や……だ……っ、こん、なの……」

　沢渡の整った顔にうっすらと笑みが浮かぶ。

「我が儘をおっしゃっても仕方がないでしょう。私がいいようにして差し上げます。寛人様はいつもどおり、身を任せておいでになればいい」

　耳元で囁かれ、寛人はぞくりと背筋を震わせた。

　大きな手がシャツの裾を払い、勃ちきった中心を包みこむ。

「んっ、ぁ……ん」

　すっすっとリズミカルに駆り立てられると、すぐに鼻にかかった喘ぎ声が出た。

すでに抗う意志もなくなって、寛人は大人しく快感に身を任せた。

沢渡は寛人の中心を駆り立てながら、乳首にも手を伸ばしてくる。先端をきゅっとつままれただけで、寛人はびくっと腰を震わせた。

「さあ、片足を立ててください、寛人様」

「んっ」

沢渡の手が膝裏に入り、片足を立てさせられる。

沢渡は寛人の身体を斜《なな》めにして自分の胸にもたれさせてから、後孔に手を伸ばしてきた。

「ああっ」

窄まりに指を這わされたとたん、ひときわ高い喘ぎ声が出る。

恥ずかしさでいたたまれず、寛人は腰をくねらせた。けれど、その瞬間、沢渡の指が早くも後孔に潜りこんでくる。

媚薬で火照った身体は嬉しげに長い指をのみこんだ。

「ずいぶん、簡単に奥まで入っていく。そんなに欲しかったのですか？」

「や……っ」

「おいやですか？　でも、私の指を締めつけて離さないようですが」

沢渡は意地悪く言いながら、寛人の一番弱い部分を刺激する。

敏感な壁をくいっと抉られて、寛人はひときわ高い嬌声を放った。

「あぁっ」

沢渡は指の数を増やし、的確に寛人を煽っていく。

容赦のない愛撫と媚薬に侵《おか》された寛人には、抗うすべもなかった。

沢渡は寛人のやわらかな耳朶《みみたぶ》をくわえ、そのあと低い囁きを落とす。

「気持ちがよさそうですね、寛人様……このまま、達きますか？　それとも、最後まで……」

「あ、……ぅぅ……く……」

沢渡の手にある中心がまたじわりと蜜をこぼし、中に入れられた指もぎゅっと締めつける。

それだけで欲望を吐きだしてしまいそうだった。

でも、足りない。寛人の身体はもっと熱くなれることを知っている。

沢渡は焦らすように、ゆるりと指を動かしている。

「ぁ……欲し……っ、最後、まで……おまえの……っ」

息も絶《た》え絶《だ》えになって訴えると、鏡の中の沢渡が極上の笑みを浮かべた。

「かわいいですよ、寛人様。あなたほど淫らで素敵な方は、ほかにはいらっしゃらない」

沢渡は掠れた声で囁きながら、中を掻きまわしていた指を抜き取った。

そして寛人を片手で抱いたままで、自らのフロントを寛《くつろ》げている。

「あ……」

ちらりと覗いた沢渡の欲望に、寛人の目は釘付けになった。

逞しく漲《みなぎ》って、そそり勃っているもの……あれが、自分の中に入る。

疼いて仕方ない場所を、あの大きなもので掻きまわしてもらえれば……。

寛人は食い入るように鏡の中の沢渡を見つめた。

「さあ、もっと足を開いてください」

沢渡はそう言いながら、寛人の腰をつかんで持ち上げる。そうして天を向いてそそり勃っている獰猛《どうもう》なものの上に下ろした。

「あぁ……く、……ふっ……ぅぅ」

硬い切っ先で狭間をこじ開けられる。

先端が突き挿さったと同時に、沢渡が力をゆるめる。

寛人の身体は自重《じじゅう》で、ずぶずぶと太い杭をのみこんでいった。

「う、く……っ、……ぅ」

苦しくてたまらないのに、気持ちがいい。

沢渡と繋がった最奥で、我慢できないほどの疼きが生まれる。

「ああっ、あっ……」

沢渡はゆっくりと腰を突き上げてきた。

張りつめたものにも刺激を与えられ、空いた手では乳首もつまみ上げられる。

何をされても気持ちがいい。

寛人はうっとり目を閉じて、沢渡がもたらす快感に酔った。

「いやらしいですね、寛人様。鏡をご覧《らん》なさい。寛人様がどれだけ貪欲《どんよく》に私をくわえこんでいるか、ご自身でご確認を」

耳元で囁かれた瞬間、忘れていた羞恥が噴き上げてくる。

はっと目を見開くと、鏡にはすべてが映っていた。

シャツとベストはまだ身につけているのに、下半身は剥きだしで、とろけた後孔に太いものをくわえこんで悦んでいる。

沢渡はほとんど着衣のままだというのに、自分だけが淫らな姿をさらしていた。

死にそうに恥ずかしかった。それでも揺さぶられるたびに、愉悦《ゆえつ》が生まれる。

「あ、……ぁあ……あっ」

「寛人様」

甘く名前を呼ばれた瞬間、ひときわ大きな悦楽に包まれる。

寛人は羞恥も忘れ果て、ぐったり沢渡にもたれながら白濁を噴き上げた。

7

「よろしいですか、しばらくは私の言うことに従っていただきます。外出も控えてください」

朝食の席で、沢渡に厳然《げんぜん》と言い渡されて、寛人は思わず唇を噛みしめた。

大きなテーブルについているのは寛人ひとりだ。沢渡はいつもどおりクラシックな格好で寛人の朝食の世話をしている。

テーブルでは焼きたてのトーストがいい匂いをさせ、ふんわりと調理されたスクランブルドエッグが添えられていた。

しかし食欲はあまりない。寛人はカフェオレだけを口にした。

昨夜、沢渡には危ないところを助けられたばかりだ。厳しいことを言われても、すべて自分で蒔《ま》いた種だったので、今は逆らう気力もなかった。

しかし、ひとつだけどうしても気になることがある。

「脩司さんのことだけど……」

「脩司様には昨夜ホテルのロビーでお会いしました」

沢渡は珍しくむっとしたような顔で答える。

「ロビーで？」

「はい、寛人様が下りてこられるのを待っておられたとのことでした。とにかく、寛人様を得体の知れない人間とふたりきりになさった件については、厳重《げんじゅう》に抗議させていただきました」

沢渡は内心でかなり腹を立てているようだが、寛人はほっと胸を撫で下ろした。

脩司に悪気があったわけではないのだ。

けれど沢渡は、寛人の心を見透かしたように、厳しいことを言う。

「脩司様ですが、しばらくの間、寛人様との面会を断らせていただきます」

「それは脩司さんに対して失礼だろう」

寛人は沢渡を見上げながら、眉をひそめた。

脩司はれっきとした一条院の役員だ。沢渡にそこまで強制する権限はない。

「脩司様が何を目論んでおられたか確認できないうちはやむを得ません」

「おまえは知っているのか？」

「これは推測ですが……」

沢渡はそこで一度言葉を切った。そしてじっと寛人を見つめながら、ゆっくりまた口を開く。

「スターホテルとの提携《ていけい》を画策したのではないかと思います。しかし、一条院のホテル部門とスターホテルでは規模に差がありすぎる。ジョーンズはもちろん、吸収合併をねらってくるでしょう」

「ジョーンズは昨日確かに、うちのホテルと合併したいと言ってきた」

寛人が言うと、沢渡はすっと眉間に皺をよせた。

「やはり……脩司様はスターホテルにうちのホテル部門を売り払い、それを皮切りに一条院そのものを乗っ取らせるおつもりかもしれませんね。寛人様や、ほかの役員方を一掃《いっそう》したあと、脩司様が一条院のトップに収まる。後《うし》ろ盾《だて》はスターホテル、といった図式でしょうか」

「まさか、いくらなんでも、そこまではしないだろう」

寛人は呆然と呟いた。

けれど沢渡が難しい顔をしているところを見ると、かなり信憑性《しんぴょうせい》が高い推測なのだろう。

寛人は胸が塞がれたようになり、悄然《しょうぜん》と視線を落とした。

——俺がおまえをサポートしてやる。

そう言ってくれた言葉は偽《いつわ》りだったのだろうか。

巨大企業を経営していくには、私情など捨てなければならない。

それはよくわかっていたが、寛人はやりきれない思いでいっぱいになった。

「いいですか、寛人様。甘い考えは捨ててください。昨夜はジョーンズの手から逃げだせたかもしれませんが、本当の戦いはこれからです。一条院がねらわれているなら、こちらもそれなりの準備を整えて迎え撃《う》たなければなりません。もし脩司様が完全にスターホテルサイドに立っておられるなら、明らかな敵となる。それだけは覚えておいてください」

沢渡の言葉は寛人の耳を素どおりした。

わかっている。わかっているけれど、本当にそれだけでいいのだろうか。

だいいち、甘い考えを捨てろと言うなら、脩司だけじゃなく、沢渡のことも疑ってかかるべきだ。

けれど、今の自分にはとてもそんな余裕はない。

「おまえの言いたいことはわかった。すべておまえに任せるから、好きなようにしろ」

結局、寛人にはそう言うしかなかったのだ。

「それでは、またしばらくおそばにいられなくなるかもしれませんが、寛人様はお屋敷のほうでお待ちください」

沢渡はいつもと同じで丁寧に腰を折る。

寛人はその姿を見つめながら、内心で深いため息をついた。

†

屋敷に閉じこもって二日ほど経った頃、寛人は思わぬ人物からの連絡を受けた。

「寛人様、沢渡佑子様とおっしゃる方から、お電話が入っておりますが、お繋ぎしますか？」

沢渡が出社しているので、その知らせを持ってきたのはほかの使用人だった。

沢渡の教育が行き届いているらしく、態度にはそつがない。

佑子からの連絡と聞いて、寛人は一瞬迷ったが、おもむろに許可を出した。

寛人は書斎のデスクで、使用人が差しだした受話器を取った。

「一条院ですが」

『あ……、寛人君？　よかったわ、電話に出てくれて……この前はごめんなさい。でも、あなたとはやっぱりお話ししておきたくて……ふたりきりでお目にかかりたいのだけど、大丈夫かしら？』

佑子の言葉に寛人は眉をひそめた。

話とは、この前のパーティーの時のことを蒸《む》し返そうというのだろう。

断ることもできたが、何度も電話をかけてこられても困る。

それに、どうせいやな話を聞かされるのなら、早めに終わらせたほうがいい。

「わかりました。しかし、ぼくはしばらく屋敷から出ないつもりなので、こちらへ来ていただけますか？　お急ぎでしたら、今日の午後でもかまいません」

『あの、高見さんは？　できれば高見さんを抜きにして、お話ししたいの……』

「ご安心を。沢渡は今日、屋敷のほうにはおりません」

『それなら、すぐにでもお伺いします』

佑子はほっとしたように息をつきながら、そう答えた。

寛人は電話を終えてから、庭へと足を運んだ。

すっきりと晴れた日だったが、空気が冷たい。シャツの上に薄手のセーターを羽織っただけでは、肌寒さを感じるほどだった。

一条院の広大な庭には広葉樹《こうようじゅ》がたくさん植《う》えられている。紅葉《こうよう》が進んでちょうど見頃となっており、寛人は銀杏《いちょう》や楓《かえで》の枯葉《かれは》を踏みしめながら庭を歩きまわった。

都心にあるにもかかわらず、高い塀《へい》を巡らせた敷地はしんと静まり返っている。時折小鳥の囀《さえず》りが聞こえてくるという長閑《のどか》さだ。

昔はこの広大な庭で、兄とよく遊んだ。いや、兄は寛人より十二歳も年長だったから、よく遊んでもらったと言ったほうがいいだろう。

同じ年頃の遊び友だちがいなかった寛人は兄を慕い、よくあとをついてまわった。そして小学校に上がった頃から、沢渡が顔を見せるようになったのだ。

寛人は兄の友人にも懐《なつ》き、家庭教師にもなってもらった。

あの事故が起きるまで、寛人は兄と同じくらい、沢渡のことも好きになっていたのだ。

佑子が訪ねてくるせいか、やけに昔のことばかり思いだす。

寛人は頭を振って、屋内《おくない》へと戻り始めた。けれど、その時、ふと庭の一角に視線が向く。

奥の車庫から表門へと続く道だった。

あの雪の日、寛人が兄を追いかけて走った道だ。

そうして途中で転び、永久に追いつけなくなってしまった場所……。

「駄目だ。もういい加減にしないと」

寛人は誰へともなく呟いて、今度こそ屋敷の中へと歩を進めた。

あれから八年経つ。

佑子が兄のことを忘れたいと言うなら、それも仕方のないことかもしれない。

寛人自身も、兄の事件とは関係なく、色々なことに決着をつけるべき時期に来ているのかもしれない。


沢渡佑子はシンプルなベージュのパンツスーツ姿で、応接室の中央に立っていた。

すでに二十八という年齢になっていたが、髪を肩まで伸ばした佑子には、いまだに少女のような雰囲気が残っている。

「こんにちは。突然お邪魔してごめんなさい。会ってくれてありがとう」

「いえ、このところずっと屋敷にいたので……取りあえず、おかけください」

庭の散歩から戻り、セーターからシャツとジャケットという格好に着替えた寛人は、佑子を一瞥し、そのあと礼儀正しく席を勧めた。

一条院家の応接室は広々として、重厚な家具を配置してある。部屋のほぼ中央に据えたソファセットは、十人以上が一度に座れるほどの大きさだった。

だが佑子は、座るように勧めても、じっと寛人の顔を見つめているだけだ。

どうせ、兄に似ているとでも思ったのだろうが、佑子の見つめ方は、あまりにも熱心だ。これにはさすがの寛人も不審《ふしん》を覚える。

「どうか、されましたか？」

寛人は眉をひそめ、冷ややかな声をかけた。

そのとたん、佑子は弾かれたようにまぶたを伏せる。

「ごめんなさい。やっぱり平静でいられなくて」

泣きそうに顔を歪めた佑子に、寛人は皮肉っぽく肩をすくめた。

「ぼくが兄に似ているからですか？」

ずばり核心《かくしん》を突いてやると、佑子ははっとしたように視線を上げる。目尻にはいつの間にか涙が滲んでいた。

「あなたのお話は伺います。とにかく座ってください。今、お茶を運ばせますから」

寛人はそう言い置いて、壁際のマントルピースへと近づいた。そして上に置かれた受話器を取って、使用人を呼びだす。

「お茶の用意を」

わざわざ命じなくても、誰かがお茶を運んでくるだろう。よけいな連絡をしたのは、佑子とふたりきりで話すのが気詰まりだったからだ。

しかし、命じたとおりに使用人がお茶を運んでくると、あとはもう逃げる口実もなくなってしまう。

寛人は佑子の向かい側に腰を下ろし、静かに様子を窺った。

「やはり似ているわ、寛人君……いいえ、もう寛人君などとは呼べないわね。あなたは一条院の総帥になられたのだから」

佑子は悲しげに、ため息をつくように言う。

「それで、こちらへいらしたのは、ぼくが兄に似ていることを確かめるためですか？」

寛人は意地悪く訊ねた。

皮肉のつもりだったのだが、そのひと言で佑子の顔が真っ青になる。

あまりの反応を訝《いぶか》しく思い、寛人は眉をひそめた。

「寛人君、いいえ、寛人さん……そのとおりです。私は今日、あなたがどれだけ寛之さんに似ているか、確かめにきたの。この前パーティーの控え室でお会いした時は、自分の目が信じられなかった。寛之さんが霊になって蘇ってきたのかと思ったくらい。でも……これほどとは思わなかった。体型も顔もそっくりで……それはいいの。兄弟ですものね、寛之さんは若くして亡くなってしまったし、寛人さんは成長して大人になった。似ていて当たり前。でも、スタイルや顔だけ似ているなら、こんなに驚きはしない」

佑子は泣きそうに目を細め、唇を震わせながら訴える。

寛人は何かいやな予感がして、背筋がぞくりとなった。

「寛之さんそっくりの髪型、寛之さんが好んでいた服装、寛之さんにそっくりの仕草……ここまで来ると、異常ね」

「何が、言いたいのですか？」

「その丁寧な物言いもそうだわ。困ったことがあっても顔色を変えない。どんな時にも凛《りん》としている人だった。本当は優しい気持ちを持っているのに、それをなかなか他人には見せない。むしろ冷たいと思えるほどの距離を置いて……まるで寛之さんがそこに立っているみたいだわ……高見さんね？　あなたをそんなふうにしたのは、高見さんでしょ？」

寛人はようやく佑子が何を言いたいのかと理解して、愕然《がくぜん》となった。

沢渡が徹底して寛人の世話を焼き、死んだ兄、寛之の好みや癖をそれとなく教えこんだ。だからこそ、寛人は異常に兄そっくりとなった。

佑子はそう言いたいのだ。

寛人が兄に似ていると言われだしたのは、ごく最近のことだ。それは寛人が少年期を脱《だっ》し、兄の年齢に近づいたからだろう。そう思っていた。

心臓がばくばくと音を立てていた。

誤魔化しようもなく、すべて思い当たることばかりだ。

その場の雰囲気に合わせて寛人の服を選んできたのは執事の沢渡だ。寛人が自分自身の好みを言う余地などなかった。

一条院家の跡継ぎとして相応しい服装を。

一条院の総帥として相応しい話し方を。

一条院の跡継ぎたる者、その場面で取るべき行動は……。

一条院の総帥ならば、こういうものの見方をなさるべきです。

数え上げればきりがない。

寛人の外見も内面も、形作ってきたのは沢渡だった。

けれど、それを知ったからといって、どうなる？

「ぼくが兄に似ていて、何か、問題がありますか？」

「だって、異常でしょ？　何もかも高見さんの言うとおりにして、寛之さんそっくりになって……あなた自身はどこにいるの？　今のあなたは高見さんが作り上げた最高傑作《さいこうけっさく》というだけだわ。それじゃ、駄目でしょ？　こんなのおかしいもの……高見さんは、どうしてあなたをこんなふうにしたのかしら……何故、こんなにまで寛之さんに似せる必要があったの？」

寛人は興奮気味に訴える佑子を、冷めた目で見つめた。

その答えは知っている。

復讐だ。

そして、失った兄への執着《しゅうちゃく》……。

くらりと視界がぶれて、思わず倒れそうになった。ソファに腰かけていなければ、みっともなく床に倒れ伏していただろう。

一条院の総帥が、客の前で気を失うなど、そんな不様な真似はできない。

ああ、そうか……こう考えることも、沢渡に教えられたのだ。

きっと、兄がそうだったから……。

誰よりも誇り高く、誰よりも毅然として、当然のように皆からの尊敬《そんけい》と賞賛《しょうさん》を得る。

兄はきっと、そういう人間だったのだ。

そして寛人は、その兄を理想として形作られた人形だった……。

「沢渡はどうして、そういう真似をしたとお考えですか？」

喉の奥にできた熱い固まりをのみこんで、冷めた声で訊ねる。

佑子はまた苦しげにまぶたを伏せた。

「高見さんと寛之さんは、とても仲がよかった。でも高見さんはきっと……寛之さんのことを愛していたのだと思う。寛之さんとつき合い始めた時、高見さんには色々と相談に乗ってもらったり、助けてもらったりしたわ。でも、今にして思えば、高見さんがいつも見ていたのは寛之さんだったのよ。寛之さんを愛していたからこそ、彼が私との結婚を決めた時も、喜んでくれて」

自分の気持ちを整理するだけで精一杯なのか、佑子の言葉には寛人への気遣いが欠けていた。

佑子が言葉を紡ぐたびに、胸がしんと冷えていく。

沢渡は兄を愛していた。

だからこそ、事故の原因を作った寛人を許せずに、教育係を引き受けたのだ。

寛人という存在を抹殺《まっさつ》し、愛してやまなかった寛之をもう一度その手に取り戻す。

笑いだしてしまいそうだった。

兄の事故の原因を作ったのはほかならぬ寛人だった。けれど、あの時はそれを受け入れられずに、すべてを沢渡のせいにした。

だから、ずっと沢渡を憎み、そばにおいて罪を償わせるつもりで……。

なんのことはない。寛人のやっていたことと、沢渡の目論見は、形こそ違ってもある意味、とても似通っている。

寛人はすうっと深く息を吸いこんで、かつて兄が愛した女性を見据えた。

以前は彼女を恨んだこともあったが、今はなんの感慨《かんがい》もない。

「佑子さん、ぼくに忠告しに来てくださったんですよね？　ありがとうございます。あなたのおっしゃりたいことは理解しました。けれど、これはぼくと沢渡の問題です。あなたにはこれ以上、お気遣いいただかなくてもけっこうです」

「あの、寛人さん、ごめんなさい。私……私……」

佑子は今になって慌てたように謝ってくる。

不用意な言葉をぶつけて寛人を傷つけた。どうしよう。

そんな声まで聞こえてきそうで、寛人はにっこりと佑子に微笑みかけた。

ぼくは、あなたに傷つけられるほど、弱くはありません。何しろ、あの沢渡が作り上げた一条院の総帥ですから。

寛人は胸の内だけで皮肉な台詞を吐き、そのあと佑子に退出を促すようにさりげなくソファから立ち上がった。


佑子を送りだしたあと、寛人は書斎にこもった。

何かしていないと、叫びだしてしまいそうだった。

佑子に気づかされたのは、自分が兄の身代わりに作られた人形だったという事実だが、同時にもうひとつ気がついてしまったことがあった。

自分は沢渡を愛している。

馬鹿馬鹿しいほど唐突に、寛人はそれに気づいたのだ。

沢渡がそばを離れていくかと思った時、あれほど動揺したのも、それが原因だった。

沢渡がそばにいなければ、自分は何もできない。すべてを失ってしまう。

そういう強迫観念《きょうはくかんねん》に駆られていたのも、沢渡をいつの間にか愛していたからだ。

兄への憧《あこが》れとか、家族愛とか、友愛《ゆうあい》とか、沢渡に向かう気持ちはそんなものではない。

長い間、欲望処理を手伝わせていたこともそうだが、最後まで抱かれてどこか安心していたのも、この気持ちが恋愛感情だったからだろう。

これから、どうするべきなのか。何をすればいいのか。少しも思い浮かばなかった。

とにかく、すべてを冷静に考えられるようになるまで、時間が必要だった。

寛人は少し、頭を冷やそうと、デスク上のパソコンを立ち上げた。

何気なくニュースを読みながら、マウスを動かす。

だが、寛人がそこで見つけたのは、衝撃的な記事だった。

――さくらホテルチェーンの令嬢、佐倉美由紀さん、いよいよ婚約発表へ。お相手は大学時代の先輩である、沢渡高見氏。沢渡氏は一条院グループに勤務《きんむ》するエリートで、ふたりは長い間、はぐくんできた愛を……。

――一条院グループと、さくらホテルチェーン業務提携か？　合併ではないかとの噂もあり……近々予定されているオーナー令嬢の婚約発表も、この提携に弾みをつけるのではないかと見られている……。

わかっていたことだが、沢渡が留守にしているのは、この結婚話を煮詰《につ》めるためだろう。そして沢渡はさくらホテルと一条院の業務提携も一緒にやってのける気だ。

ネットで拾《ひろ》ったニュースはほかにもあった。

――北米のスターホテル・チェーンの会長ジョーンズ氏、来日中。本格的な日本上陸が目的との見方もあり、業界が騒然《そうぜん》となっている……。

寛人はがっくりと椅子にしずみこんだ。

お飾りの総帥などいなくとも、一条院はいくらでも動いていく。

それを徹底して見せつけられた気分だ。

沢渡は、すべて寛人様のためだと言う。それも嘘ではないのだろう。何しろ寛人は、沢渡が作り上げた兄そっくりの人形なのだから。

沢渡は兄のために、寛人を守り、一条院を守ろうとしている。

寛人は堪えきれずに、涙を滲ませた。

ならば、本当の自分はどこにいるのだろうか？

沢渡を好きだという気持ちだけは疑いようもないのに……。

深夜に近くなって、ようやく寛人の寝室に、沢渡が姿を現す。

ベッドで寝た振りをしていたので、沢渡は足音を忍ばせて近づいてきた。

何事もなく、寛人がぐっすり眠っていることを確認すれば、満足して出ていくのだろう。

沢渡が完全に自分を守っているのも、寛之の影を見ているせいかもしれない。

羽毛布団の中で丸くなっていると、沢渡の手が伸びて、そっと髪に触れられる。

その瞬間、堪えに堪えてきた感情が爆発した。

寛人はさっと沢渡の手を振り払って、ベッドの上に半身を起こした。

「沢渡、おまえはぼくの許可もなく、勝手《かって》に何をやっている？」

「寛人様、まだ起きていらしたのですか」

沢渡はいつもどおりフロックコートを着て、余裕たっぷりに微笑んでいる。

どうせ寛人には何もできない。

多少我が儘なことを言っても、適当にあしらっておくだけでいい。そうすれば寛人はすぐに大人しくなって、沢渡が理想とする若き総帥に戻る。

きっと沢渡はそう思っているのだろう。

寛人はさらに沸々と怒りが湧いてくるのを感じた。

そして唐突に、ずっとこだわり続けていたこの歪《いびつ》な関係は終わりにすべきだと思いつく。

「沢渡、前に言ったはずだ。おまえが誰と結婚しようと興味はない。だが、一条院に不利益をもたらすなら、容赦はしないと」

「確かに、覚えております」

「おまえの結婚、決まったそうだな。おめでとうと言っておこう。だが、ぼくはさくらホテルとの提携も合併も認めない」

ベッドの上では威厳も何もなかったが、寛人は厳然と告げた。

さすがに沢渡は不快そうに眉をひそめる。

「寛人様、お待ちください。スターホテルが一条院をねらっているのは、寛人様もご存じでしょう？　さくらホテルとの提携は必要なことです」

「だが、おまえは役員会の承認《しょうにん》も得ず、勝手に話を進めているのだろう？　そんな真似を許した覚えはない。それにぼくはさくらホテルが嫌いだ。あそことの提携など絶対に認めないからな」

「寛人様、急にどうなさったのです？　寛人様らしくもない。何をそうわけのわからない我が儘なことをおっしゃるのですか？」

沢渡は困惑しきったように訊ねてくる。

その様子がさらに寛人の怒りを煽った。

「寛人様らしくない？　大いにけっこうだ。今までなんでもおまえの言うとおりにしてきた。それでおまえはぼくに何をした？　今日、佑子さんが訪ねてきた。それでおまえの企《たくら》みがなんだったか、やっとわかった」

「いったい、なんのことです？」

沢渡は訝しげな表情になる。

「ぼくは兄さんとは違う。おまえはぼくを操って、兄さんそっくりになるように仕向けていたそうだな。ぼくはぼくだ。これ以上、おまえの言いなりになっている気はない」

「佑子が何を言ったかは知りませんが、私の気持ちを勝手に代弁《だいべん》するなど、とんでもない話ですね。佑子にはあとで注意しておきましょう。しかし、まさか、寛人様ともあろうお方が、そんな言葉を信用なさるとは思えませんが」

沢渡はさも呆れたように言う。

その姿には動揺の欠片《かけら》もない。冷ややかに眺め下ろされて、寛人の胸はずきりと痛みを訴えた。

この期《ご》に及んでまで本心を隠そうとする沢渡に、寛人は否応もなく傷つけられる。

やはり、沢渡は自分を透かして、兄の姿を見ているだけなのだろう。

寛人はたまらなくなって、言葉を迸《ほとばし》らせた。

「こんなことは、もう沢山だ！　もういい！　長い間おまえをこの屋敷においていたけど、もう顔も見たくない。出ていけ」

「それはどういう意味でしょうか？」

沢渡は少しも感情のこもらない声で訊ね返す。

寛人はくっと唇を噛みしめてから、沢渡を見上げた。

「おまえはもともと父の命令でこの屋敷に来た。しかし父はもう引退して、今はぼくがこの屋敷の当主だ。沢渡、おまえはもう必要ない」

冷たく告げると、さすがに沢渡の顔色が変わる。そしてがっと両肩をつかまれた。

「痛いだろ、離せ」

寛人はすかさず身体を揺すったが、沢渡の手はしっかり肩にくいこんでいる。

「本気でおっしゃっているのですか?」

訊き返してきた沢渡は、まるで別人のように不貞不貞《ふてぶて》しかった。

これまで寛人の命令に逆らったことなど一度もないのに、本気で怒っているように見える。

寛人は息を詰めて沢渡を見つめた。

今まで何をしてもほとんど感情を見せたことがないのに、まともに怒りをぶつけられている。

そして、今の沢渡が見ているのは兄じゃない。我が儘でどうしようもない寛人自身だ。

こんな風に真っ直ぐに、自分を見つめてもらえるなら、もっと怒りをぶつけられてもいい。

「ぼくは本気だ。おまえの顔なんかもう見たくない。兄が死んだ時、ぼくはおまえを恨んだ。おまえだって、そうだろ? ぼくが我が儘を言ったせいで、大事な兄が事故を起こしたんだ。さぞかしぼくが憎かったことだろう。だからもうおまえを解放してやる。嬉しいだろ? おまえはもうぼくのお守りをする必要もないし、理不尽な命令にも従わなくていいんだからな」

沢渡を故意に怒らせようとして言い始めたことだ。けれど言葉を重ねるたびに、自分が惨《みじ》めになっていく。

これはなんだ？　こんなに卑屈《ひくつ》でみっともない自分は知らない。

けれど、沢渡の理想からはほど遠い、これが本当の姿なのだ。

本当は沢渡が結婚するのを見たくないだけだった。

まるで子供だ。そう、兄の出発を邪魔したあの日と同じで、自分は子供のようにだだをこねているだけだ。

けれど、今、自分のほうから別れを言いださないと、この先が怖い。沢渡を失って、どうなるかと思うより、そっちのほうが怖かった。

「どうしても出ていけとおっしゃるのですか？」

沢渡は肩をわしづかんだままで、鋭く寛人を見据えて訊ねた。

「ああ、この屋敷からは今日限り出ていけ。会社のほうは引き継ぎもあるだろうから、好きにしたらいい。ただしぼくの秘書として誰か別の人間をよこせ」

「わかりました。それほどおっしゃるなら、ご命令どおり出ていきます。しかしその前に、今まで我慢してきた分、好きにさせていただきますよ」

沢渡は急に低く脅すような声を出した。

何かいやな予感がして、背筋がぶるりと震える。

「な、何をするつもりだ？」

「好きにさせていただくと言ったでしょう。今の私はもうあなたの使用人ではないのですから」

思わず目を見開いた寛人に、沢渡は冷酷《れいこく》に宣言した。そしていきなり腰をかがめて寛人の身体を引きよせる。すぐあとに噛みつくように唇を塞がれた。

「んっ、……うぅ、んっ」

無理やり口づけられた寛人は懸命にもがいた。

しかし沢渡は両腕ごと縛《いまし》めるように寛人を抱きすくめてキスを強要する。

息が苦しくて大きく胸を喘がせた隙に、舌までこじ入れられた。どんなに逃げ惑ってもしつこく絡められて、縦横《じゅうおう》に貪られる。

こんなに強引で乱暴なキスは初めてだった。

歯列《しれつ》の裏を舐めまわされて、舌も根元からきつく吸い上げられる。

「うう、……う、く……ううっ」

身体の芯がいっぺんに熱くなる。あまりにも激しく貪られて、意識まで飛んでしまいそうになった。

沢渡は寛人の口中を隅々まで陵辱《りょうじょく》し、唐突に唇を解放する。

「……なせっ！　何故こんな真似？」

寛人は肩を忙しなく上下させながら、涙の滲んだ目で沢渡をにらみつけた。

沢渡はまだ寛人を抱きよせたままで、にやりと口元をゆるめただけだ。

「寛人様……淫乱《いんらん》なあなたに相応しい扱いをして差し上げるだけです。これで終わりなら、今日は心ゆくまでそれを思い知らせてあげますよ」

「なっ」

寛人はびくりとすくみ上がった。

整った顔には酷薄《こくはく》な表情が浮かんでいる。

沢渡は絶句した寛人をゆっくりベッドに押し倒した。

信じられない暴挙《ぼうきょ》に目を見開いているうちにガウンをむしり取られ、シルクのパジャマにまで手をかけられる。

「やっ、やめろ！　何をする気だ？」

胸を剥きだしにされ、寛人ははっと我に返った。

闇雲《やみくも》に両手を振りまわして抵抗するが、本気で屈伏《くっぷく》を迫る沢渡には敵《かな》うはずもない。どんなに暴れてもぐいっとベッドに押しつけられる。

「どうしました？　お好きなことをして差し上げようというのに、拒むことはないでしょう」

「やっ、やめろ！　こんな真似をして、許されると思っているのかっ！」

「男に抱かれるのが、お好きでしょう、寛人様？　今まで散々私におねだりをなさっていたのですから」

丁寧な言葉遣いとは裏腹に、嘲るように吐き捨てた沢渡の目には危険な光が射していた。

「沢渡……、おまえは……っ」

屈辱のあまり激しく首を横に振った寛人に、沢渡はさらに冷酷な笑みを見せる。

「違うとでも言いたいのですか？　私の手で散々楽しんでおいて、今さらでしょう。しかし、こう暴れられては、ゆっくり楽しめませんね。両手を縛ってしまいましょうか」

沢渡はおかしげに言いながら、自分の首からタイを引き抜いた。

「やっ、やあっ」

必死に身をよじっても逃げだせず、後ろ手に縛られてしまう。

次には下着もろともパジャマの下まで引き下ろされて、恥ずかしい下肢が剥きだしにされた。

逃げる術を失った寛人は、パジャマの上を両腕にまとわせただけ。その手も後ろで縛られた、あられもない姿になってしまう。

「いい格好になりましたね、寛人様。でも、あなたにとっては男に襲われるのも快感ですか？　いやがっているくせに、もうここを勃たせていらっしゃるし」

「う、嘘だ」

唇を震わせて否定すると、くすりと笑って、反応し始めた中心を指で弾いた。

たったそれだけのことで、愛撫に慣れた場所に、どくりとまた熱が溜まる。

信じられないことに、先程のキスだけで高ぶっていたのだ。

寛人は羞恥でかっと頬を染めながら唇を噛みしめた。そして、どんなになっても絶対に屈するものかと、必死に沢渡の顔をにらみつける。

「さすがは寛人様ですね。怒った顔がとてもかわいいですよ？　でも、どこまで我慢していられるのでしょうね？」

沢渡はおかしげに言って、剥きだしになった胸の粒を無造作《むぞうさ》につまみ上げた。指できゅっと潰されたとたん、ずきりと痛みが走る。

「あぁ……っ」

寛人はひときわ大きく身をよじった。

それでも沢渡の指は尖った粒から離れない。面白そうにくりくりと擦り潰される。最初に感じた痛みが遠のくと、代わりにじわりとした疼きが生まれた。触れられているのは胸の先だけなのに、その疼きが身体の奥まで伝わっていく。

「寛人様の乳首は、本当に感度がいい。片方しか触っていないのに、こっちまでつんと勃ちましたよ？　こちらは口で吸って差し上げましょうか？　お好きでしょう？」

そう言った沢渡が、そっと顔を伏せてくる。

「……っ！」

信じられないことに、触れられていないほうの乳首も痛いほどに硬くなっていた。そこに沢渡の温かな息がかかっただけで、痺れるような疼きに襲われる。

「あ、ぁ……、ふ……くっ」

ねっとりと濡れた舌を這わされただけで、寛人は堪えきれずに腰を震わせた。

もう片方の粒は、相変わらず指で弄られている。

「やっ、あぁっ……あ、ぁ……っ」

過敏になった粒に歯を立てられて、寛人は我慢できずに嬌声を上げた。

触られているのは胸だけなのに、身体中が熱くなっている。恥ずかしいことに、沢渡の指と舌で胸を愛撫されるたびに、張りつめた中心まで震えてしまう。

「やはり、寛人様は淫乱だ。そんなに胸を弄られるのがお好きですか？　下はまったく弄っていないのに、もうべとべとになっているようですね」

沢渡は愛撫の合間に、寛人のはしたなさをいちいち指摘してくる。

感じていることは隠しようもなく、言葉でなぶられている最中にも、新たな蜜が溢れてきた。

「ゆ、許さない……絶対に……許さない」

寛人は屈辱で涙を浮かべながら沢渡をにらんだ。

今まで従順だった沢渡が突然豹変《ひょうへん》してしまった。

命令を下すのは寛人だったはずなのに、今は沢渡が支配者となって屈伏させられている。

沢渡はもしかしたら、寛人の本心に気づいているのかもしれない。

だとしたら、これほど惨めなことはなかった。

「相変わらず素直ではありませんね、こういう時は、気持ちいいと言うんですよ」

そう言った沢渡が、再び胸の粒を口に含む。

きゅっと歯を立てられて、そのあとちゅうっと吸い上げられた。

「ああっ、うう……う、くっ」

ひときわ大きな快感に襲われて、寛人は弓なりに背を反らした。身体の下になった腕が痛みを訴えるが、気持ちよさはそれを上まわった。

「あ、やあ……っ、ああっ」

どこに触れれば寛人が感じるか、沢渡は知り尽くしている。愛撫に慣れた身体は、沢渡の思うままに支配され、ひっきりなしに高い喘ぎ声が出た。

「そろそろ後ろをほぐして差し上げましょうか」

「いやだっ……ああっ」

寛人は首を振ったが、沢渡の手で両足を持ち上げられてぐいっと開かされる。

「いやだ？　本当に？　寛人様のここは、すごいことになっていますよ」

沢渡が覗きこんでいるのは、触られてもいないのにたっぷり蜜を溢れさせている中心だった。

その奥の秘めた窄まりまで冷徹に観察され、再びかっと羞恥に襲われる。

「いやらしいお身体だ。もう、ひくひくと悦んでいる」

「ち、違っ……」

懸命に首を振ると、沢渡はくすりと忍び笑いを漏らした。

「今日は、ここをたっぷり舐めて差し上げますよ」

ここ、と言われた時に、沢渡の指が窄まりをつうっとなぞる。

「っ……！」

寛人はひくっと息をのんだ。

けれど、腰をよじって逃げる暇もなく、沢渡が顔を伏せてくる。

「ああっ！」

そろりとそこに舌を這わされて、寛人はいちだんと高い声を放った。

ぴちゃりといやらしい音を立てながら、恥ずかしい場所を舐められる。

「やっ、いやだ……っ、やあ……っ」

どんなにいやだと言っても許されなかった。

沢渡はじっくり様子を窺うように舌を這わせてくる。

「うっ、ぅく……っ」

寛人は涙を滲ませながら首を振った。

手首を縛られて、あられもなく両足を広げさせられている。そのうえ沢渡の手で腰を浮かすようにに固定されていては、逃げようもなかった。

唾液をまぶすように何度もそこを舐められる。そのうち、じわりじわりと窄まりの奥が疼いてくる。固く閉じていた場所も徐々にゆるみ、今にも中まで舌が入ってきそうだった。

「いやだ……も、いや……っ……やめろ、よ……ひっ！　……ぅぅ」

とうとう中にまで舌を潜りこまされて、寛人は涙を溢れさせた。

沢渡に身体の中を舐められている。

異様な感触がいやなのに、何故かそこが蕩けていく。沢渡が舌をうごめかせるたびに、寛人の内壁も一緒にざわめいた。

「ああ、……あっ……ぅ、く……っ」

いやなのに、気持ちがいい。

舌で内壁を舐められるのが、気持ちよくてたまらなかった。

身体中が熱くなり、張りつめたものの先端からもまたたっぷり蜜が滴る。

そのうちに沢渡はようやく舌での愛撫をやめ、代わりに長い指を突き入れてきた。

舌で充分に溶《と》かされていた場所は、簡単にその指を奥まで銜《くわ》えこむ。

沢渡は最初からくいっくいっと遠慮もなく中を掻きまわしてきた。

「ああっ！」

悲鳴を上げると、ねらったように一番感じる場所をぐっと押される。

前には触れられてもいないのに、一気に欲望を噴き上げてしまいそうになった。

「気持ちよくてたまらないのでしょう？　中がすごく熱くなっていますからね」

「やっ、あっ」

指は二本、三本と増えていき、そのたびに寛人は狂ったように腰をよじった。

しかし達しそうになると、沢渡は意地悪く愛撫を止めてしまう。

「どうしました、寛人様？　達きたいなら、いつものようにおねだりをなさればいいのに」

「やっ、だ、誰がそんなことっ」

これ以上沢渡に屈したくはない。最後の意地で寛人は不遜な男をにらみつけた。

だがそれさえ沢渡は鼻で笑う。

「反抗しても無駄ですよ、寛人様。しかし、強情を張られるなら、寛人様の口でしていただきましょうか」

沢渡はそんなことを言いながら、寛人を抱き起こした。

「だ、誰がそんなこと、するかっ」

寛人は激しく首を振って拒否した。だが、沢渡は片手で器用にフロントを寛《くつろ》げて、寛人の口元に半勃ちになったものを押しつけてくる。

「ううっ」

寛人は最後の抵抗とばかりに、固く口を閉じた。

しかし沢渡は寛人の口に指を突っこんで、無理やり大きく開かせてしまう。

「していただきますよ。今日が最後ですから」

断固とした声とともに、沢渡の灼熱を強引に口の中に押しこまれた。

「んむっ……んん」

「しっかり舐めてください。上手にできたら、あとでたっぷりこれを入れて差し上げますから」

沢渡はそう言いつつ、強引に出し入れを開始する。

「う……く、うっ……うっ……んっ」

口をいっぱいに塞がれて、苦しさのあまり涙が滲む。開きっぱなしになった唇の端から唾液もこぼれ落ちてくる。

こんな巨大なものが自分の中に入っていたなど、信じられない。

奥までくわえるのは到底無理で、さすがの沢渡も浅い場所で動かしているだけだ。

それでも無理やり口を犯されているうちに、身体の芯がまた熱くなってくる。

「そろそろいいようですね」

言いながら、沢渡はやっと寛人の口から自分のものを引き抜いた。

「はっ、げほ……っ」

反動でいっぺんに大量の空気を吸いこんでしまい、寛人は肩を上下させて咳《せ》きこんだ。

「さあ寛人様、後ろからしてあげますから、犬のように四つん這いになってください」

沢渡は自らの着衣を脱ぎ捨てながら、残酷に宣言する。

無駄な足掻きだ。

寛人は必死に体をよじり、最後の抵抗を試《こころ》みた。しかし後ろ手に縛られている身では、それも無駄な足掻きだ。

沢渡は簡単に寛人をうつ伏せにして、腰だけ高く持ち上げた。

指で無理やり窄まりを広げられる。そしてあらわになった場所に、沢渡の熱いものが擦りつけられた。

「いやだ……あっ、うぅ……」

腰を振って抵抗しても防《ふせ》げない。一気に沢渡の逞しいものがねじこまれた。

熱く蕩けていた場所は、嬉しげに灼熱の杭をくわえこむ。

最奥まで貫かれた瞬間、寛人はいちだんと強い快感に炙《あぶ》られた。

「寛人様、いっせいに絡みついてきますよ」

「ああっ、あっ」

最初は小刻《こきざ》みに腰を揺らされる。

寛人が巨大なものに馴染んだとみると、沢渡は徐々に腰の動きを激しくしてきた。

前にまわった手で胸の粒も弄られる。

きゅっと爪を立てられた瞬間、中の沢渡を締めつけてしまい、さらに鋭い疼きに襲われる。

「すごい締めつけですね。そんなに気持ちがいいのですか?」

「やあっ」

沢渡は張りつめた性器にも手を伸ばしてきた。

やわらかく駆り立てられると、そのたびに中に入れられた太い杭を締めつけてしまう。

拒否したいのに身体が勝手に快感を貪っている。

繋がった場所から生まれた熱で、身体中を焼き尽くされていくようだった。

「本当に素敵ですよ、寛人様のお身体は。私ももうもたなくなりそうだ」

沢渡は含み笑うように言って、大胆に腰を動かし始めた。

敏感な壁を思いきり太い先端で擦られる。最奥まで突き入れられたあと、ぐるりとそこを掻きまわされた。

「ああっ、あっ、あ、……あっ」

寛人はひっきりなしに嬌声を上げた。

何も考えられなかった。

ただ背中から自分を抱き留め、体の奥で一つに繋がっている沢渡の存在だけがすべてになる。

「寛人様、さあ、一緒に達って」

耳に熱っぽい声が届いた刹那、ひときわ奥まで突き上げられる。

一番深い場所に、溢れるほど沢渡の熱を叩きつけられた。

びくんと大きく腰を震わせて、寛人も欲望を噴き上げる。

「あ……ああ……」

あまりの気持ちよさで、ふうっと意識が遠くなる。

「寛人……様」

やけに優しい声で名前を呼ばれ、背中からしっかりと抱きしめられた。

肌が密着《みっちゃく》し、身体の隅々まですべてが沢渡と繋がっている。

でも、沢渡は行ってしまう。

ずっとそばにいたのに、行ってしまう。

好きなのに……離れていく。

いつまでも、そばにいて欲しいのに……。

8

一条院の屋敷を出ていった沢渡は、会社にも姿を見せなくなった。正式な退職届はまだ出ていない。現段階では休職届のみ提出されているとのことだった。

いつもそばにあった長身が見えないと、オフィス全体がやけに広く感じられる。

寛人はそれでも沢渡がいた時と同じように、機械的に書類に目をとおしていた。

そんな時、静かな部屋にいきなり乱入してきた者があった。

「寛人、ご機嫌はどうだ？」

「脩司さん！」

前触れもなしに、いきなり顔を覗かせた脩司に、寛人は眉をひそめた。

今日会う約束はしていない。それに、あの夜から二週間ほどになるが、脩司とは一度も話をしていなかったのだ。

「申し訳ありません、寛人様。先にご連絡をと申し上げたのですが」

後ろから秘書が慌てたようについてくる。沢渡がいれば、こんな失態は絶対に起きなかったはずだが、強引な脩司に押し切られてしまったのだろう。

「ここはもういいから、お茶を出してください」

寛人は秘書に下がるように言って、デスクから立ち上がった。

「ああ、お茶はいい。少し込み入った話がしたい」

脩司が部屋から出ていこうとする秘書の背中に向けて言う。

勝手な言いぐさに寛人は眉をひそめたが、振り返った秘書には、脩司の要望どおりにしろと、合図を送った。

隣室《りんしつ》とのドアが閉じられたと同時に、脩司はやれやれといったような笑みを見せる。

寛人を騙すような真似をしたのに、脩司には少しも悪びれた様子がない。しかし、いつもどおりしゃれたスーツ姿のわりには、どこか精彩《せいさい》を欠《か》いている感じがした。

「寛人、やっと沢渡を追いだしたそうだな。俺はしばらくニューヨークに戻っていたから、今朝その話を聞いたばかりなんだが」

来客用のソファにどかりと腰を沈めた脩司に、寛人はため息をついた。

向かい側に腰を下ろしつつ、調子のいい又従兄弟を軽くにらむ。

「脩司さん、この前のことです。どうしてぼくを人身御供《ひとみごくう》にするような真似をしたんですか？」

「ああ、あれか。悪かったよ。でも人身御供とか、そんなことは考えていない。ジョーンズのやつが、まさか、ビジネスの話をすっ飛ばして、いきなりおまえに手を出そうとするとは、思わなかったんだ」

「変な薬を飲まされてしまいました」

冷たい視線を送ると、脩司が許してくれとでも言いたそうに、両手を合わせる。

やはり、悪気があったわけではないのだろうと、寛人は再びため息をついた。

決定的な背信行為をしたならまだしも、脩司はただの社員ではなく一条院の一族だ。あれぐらいで切り捨てるというわけにもいかないし、元はと言えば寛人のほうにも油断があった。

「沢渡には、こっぴどくのしられた。とにかく許してくれ。俺が不注意だった」

脩司はさらりと謝ったが、あまり悪いとは思っていない様子だ。

とにかく脩司にはこちらで気をつけているしかなさそうだ。しばらくの間、脩司の誘いには乗らないようにして、何かある時には、秘書を伴《ともな》っていけばいいだろう。

「今日は、役員会に出席するために来られたのですか?」

これ以上蒸し返しても意味はないと、話題を変えた寛人に、脩司は浮かない顔で頷いた。

「ああ、そうだ。親父は今、手が離せないから、俺が代わりにな……。今さらだがスターホテルの件を提案するつもりだ。役員会では爺《じじい》どもに吊《つる》し上げを食うだろうけどな」

「役員会で提案するだけで、吊し上げなんて食いませんよ。そう悲観することもないでしょう?」

寛人が真面目に言うと、脩司はさも呆れたといった感じで両手を広げる。

「そういう呑気《のんき》なことを言うのは、おまえぐらいだぞ、寛人。こういう時の一番の強敵が沢渡なんだ……」

「沢渡は、もう辞《や》めました」

寛人は憮然と告げた。

もう沢渡のことなどきれいさっぱり忘れたい。

だが、沢渡は屋敷内だけでなく、一条院グループの隅々にまでその存在が知れ渡っていた男だ。突然いなくなったとなれば、あちこちで理由を訊ねられる。

そして名前を聞けば、喪失感《そうしつかん》が胸に迫る。

好きだと自覚したばかりなのに、寛人は自分で沢渡を追いだしたのだ。だからこそ最後まで毅然としていたいのに、毎日何度もその名を聞かされる。

最近では夜もよく眠れないほどで、自分の弱さに自分でもうんざりしていた。そこへ、沢渡を追いだせとけしかけていた脩司までが、不思議そうな顔をする。

脩司は、寛人の機嫌が最悪だと気づいたのか、それ以降は不用意に口を開かない。

寛人は年上の又従兄弟の整った顔を見て、またひとつ心の内で大きくため息をついた。

「脩司さん、役員会は四時からです。それまでに一件、アポが入っているので……」

寛人はやんわりと退出を持ちかけた。

「ああ、そうか。悪かったな。それなら役員会で」

脩司は何か思うところでもあったのか、大人しく応じて席を立つ。

役員会のこともある。ここで寛人の機嫌を損ねるのは得策じゃないと判断したのだろう。結局は総帥である寛人のほうが、年上の脩司より立場が上なのだ。

脩司を見送って、寛人は再びふうっと深い息をついた。

これから頭が痛くなるような会見に望まなければならないのだ。

アポイントを入れてきたのは、さくらホテルチェーンの令嬢佐倉美由紀だった。

なんの用があるのかは知らないが、逃げるわけにはいかなかった。

内心でどんなに動揺していたとしても、絶対表には出さない。

一条院の総帥たる者は、いつでも泰然《たいぜん》と構えていなくてはならない。

それもすべて、沢渡に叩きこまれてきたことだ。

寛人はゆっくりデスクに戻って、内線のボタンを押した。

「そろそろ出かけます。車の用意を」

先方には沢渡がいるかもしれない。いや、いる可能性のほうが大きい。

どんなに胸が痛かろうと、平然として切り抜ける。

ほかならぬ沢渡が寛人にそう教えた。だから、何があったとしても、最後まで頑張ってみるしかなかった。

†

さくらホテルチェーンは、格式よりもビジネスマン向けの便利さや気軽さで、着実に業績を伸ばしてきた企業だ。

寛人が招待されたのは、三ヶ月ほど前にオープンしたばかりの真新しいホテルだった。

エントランスにリムジンを横づけし、ロビーに入っていくと、向こうから黒のスーツを着た佐倉美由紀が出迎えに現れる。

「わざわざお呼び立てして、申し訳ありません」

頭を下げた美由紀は、この前のパーティーの時とはずいぶん印象が違う。

美由紀はただの令嬢ではなく、専務の肩書きを持つやり手の女性だ。このスタイルは営業用なのだろう。

沢渡の姿はない。それだけで寛人はほっと胸を撫で下ろした。

「こちらはビジネスマンに評判のホテルだと聞きました。ビジネス目的の顧客《こきゃく》をターゲットに新規のサービスを色々ご用意されたとか。後学のため、あとでご案内いただけると嬉しいのですが」

「まあ、寛人さんにそう言っていただけると、こちらも嬉しいですわ。それはともかく、会議室のほうにお越しいただけますか？」

美由紀はそう言って、さらりと背を向ける。

何事も自ら率先《そっせん》して行う主義なのか、秘書や部下はひとりも連れていなかった。

美由紀はロビーの中央にある螺旋階段《らせんかいだん》を上っていく。あとをついていくと、二階にはいくつもの会議室が並んでいた。廊下の途中に、コピー機とパソコンを置いたコーナーがいくつか設けられている。なるほど、ビジネスマンには嬉しい設備だろう。

だが、小会議室に入ったと同時に、寛人は足をすくませた。

さくらホテルの人間が数人、楕円《だえん》のテーブルを囲み、何事か熱心に話し合っていた。その中に、沢渡の姿もあったのだ。

椅子に腰かけていても、ずば抜けたスタイルのよさがわかる。ビジネス用のダークスーツをまとった姿はどこにも隙がない。そして沢渡は、見事にこの会議室の雰囲気にも馴染んでいた。まるで、昔からさくらの役員であったかのような印象さえ受けるほどだ。

胸が激しい痛みを訴え、寛人はぐいっと両手を握りしめた。

しかし、動揺している場合ではない。

「さあ、どうぞ。そちらにおかけください」

美由紀に勧められるまま、寛人はぎこちなくテーブルについた。

けれど、今まで打ち合わせ中だったらしいスタッフは、寛人と入れ替わりのように席を立っていく。残ったのは沢渡ひとりだ。

美由紀と結婚すれば、沢渡は自動的にさくらホテルチェーンの中心的な存在になるのかもしれない。

いやなことを思い浮かべた寛人がぐっと奥歯を噛みしめていると、きびきび席についた美由紀が話を切りだす。

「単刀直入《たんとうちょくにゅう》に申し上げるわ。寛人さん、一条院とうちとの提携を検討《けんとう》してもらいたいんです」

「お言葉ですが、それは、ぼくの一存で決めることでは……ホテル部門の担当責任者がおりますので、よろしければ、その者をご紹介しますが」

「待って、寛人さん。今はそういう形式にこだわっている時ではないと思うの。スターホテルが日本の市場をねらっているのは、ご存じよね？」

勢いよくたたみかけられて、寛人は仕方なく頷いた。

沢渡は斜め向かいに座っている。なるべくその姿が目に入らないように美由紀だけを見ていたが、沢渡の視線は遠慮もなく寛人に突き刺さってきた。

企業の中枢《ちゅうすう》を握る者同士の会話。そこで寛人がどんな態度を取るのか、冷徹に観察しているのかもしれない。

寛人はくじけそうになる気持ちを奮《ふる》い立たせ、正面の美由紀を見据えて口を開いた。

「スターホテル上陸の噂には、うちもかなりの危機感を抱いております。対抗《たいこう》するため、国内での繋がりを強めるというのも悪くはないでしょう。しかし、一条院とさくらでは、あまりにもホテルのサービスが違いすぎる。それに、大変失礼ですが、うちが提携あるいは合併を検討するとしても、さくらホテルが相手である必要はありません」

静かに指摘すると、美由紀がふうっと大きく息を吐きだす。

それからしばらくの間、沈黙が続いた。

そして、美由紀が何かの踏ん切りをつけるように、軽くデスクを叩く。

「寛人さんは、やっぱり一筋縄《ひとすじなわ》じゃいかないわね。どうしたらいいかしら、高見さん？」

美由紀はさも困ったように沢渡に視線を向けた。

寛人はそのとたん、びくりとなるのを止められなかった。

美由紀の口調には明らかな甘えがある。沢渡がそれにどう答えるのか、寛人は全身を緊張させて待った。

だが沢渡は無言を押しとおし、美由紀が諦めたようにまた口を開く。

「いいわ、この期に及んで泣き言なんか言わないわ。寛人さん、いえ、一条院さん、さくらホテルの専務として、心からお願い申し上げます。この話、本当にご検討いただけないでしょうか？」

美由紀はさっと席を立ち、深々と頭を下げた。

「佐倉さん、何を……」

寛人もつられて立ち上がったが、沢渡だけは着席したままでじっと様子を眺めている。

「このとおりです。提携の話、考えてください。正式な申し入れの準備はすでに整えてあります。

ですから一条院さんのほうでも、せめてうちの名前だけでも候補に挙《あ》げていただけませんか？　スターホテルの上陸でもっとも打撃《だげき》を受けるのはうちでしょう。だから形振《なりふ》り構わず作戦を立てるしかなかったんです」

美由紀の熱意に接し、寛人は自分自身が恥ずかしくなった。

沢渡との諍《いさか》いで、子共のようにさくらホテルだけはいやだと言った覚えがある。美由紀は沢渡経由《けいゆ》で、話が難航《なんこう》しそうだと聞いていたのだろう。だからこうして説得を試みているのだ。

「佐倉さん、もう頭を上げてください」

「それなら、うちのホテルを候補に挙げていただけます？」

「お話の趣旨《しゅし》はわかりました。のちほどホテル担当部門の役員に伝えておきます」

寛人が言うと、美由紀がぱっと顔を輝かせる。

「ありがとうございます！」

美由紀は再度寛人に腰を折り、そのあとくるりと沢渡を振り返った。

「高見さんも、ありがとう。色々と協力してもらって助かったわ。これでもう目処《めど》は立ったから、あとは自分でなんとかする」

寛人は美由紀の声を聞きながら、ゆっくりテーブルから離れた。

ビジネスの話は終わった。これ以上ここに留まる必要はないだろう。沢渡との結婚話など聞かされては、必死に保っている心が折れてしまう。この場はさっさと退散《たいさん》したほうがいい。

「すみません、ぼくはこれで、失礼いたします」

寛人はそう声をかけて、逃げるように出口へと向かった。

走りださないだけが、プライドを保っていられるぎりぎりのラインだ。

「あら、寛人さん、そんなに慌てて帰らないで。だいいち、あなた忘れ物してるわよ」

「忘れ物？」

忘れ物と言われては、振り返らないわけにはいかない。

美由紀はにこにこしながら、沢渡のほうを指さした。

「お借りしていたものを、お返しします、と言ったほうがいいかしら？」

美由紀の軽口に応えるように、沢渡は静かにこちらへと近づいてくる。

どくん、と大きく心臓が跳ねた。

否応なく精悍な男に視線を釘づけにされ、寛人はその場から一歩も動けなくなってしまった。

「寛人様、話があります」

「ぼ、ぼくには……ない」

美由紀が見ているのはわかっていたが、寛人は子供のように首を左右に振った。

「いやでも聞いていただきます。亡くなった寛之様のこと、ほかにも色々と誤解があるようなので、それを質《ただ》しておきたい。よろしいですね、寛人様？」

沢渡の手が伸びて、寛人はぐいっと腕をつかまれた。

もう逃げだす余地はなかった。それに兄のことだと言われてしまえば、話を聞くしかない。

「み、美由紀さんは……いいのか？　婚約発表は？　結婚の日取りが決まったなら、ぼくからも祝いの品を」

「寛人様」

沢渡の声は冷ややかに響いた。

何か誤《あやま》ったことをした時、いつもこの声で叱責《しっせき》された。厳しくて、でも、どこか優しく響く声で……。

「沢渡……」

「こちらでお話しできるようなことではありません。いったんお屋敷のほうにお戻りください」

「でも、このあと役員会が」

「それなら、私から連絡を入れます」

寛人は我知らず、条件反射のように頷いていた。

沢渡は今もしっかり寛人を支配している。

結局、寛人は美由紀への挨拶もそこそこに、沢渡と屋敷へ戻ることになってしまったのだ。

†

「お帰りなさいませ、寛人様」

「お帰りなさいませ、沢渡様」

屋敷の使用人たちは、皆、沢渡が戻ってきたことを喜んだ。

「皆、すまない。寛人様に大事な話があるので、しばらく遠慮してくれ」

「わかりました」

沢渡は寛人が逃げだすとでも思ったのか、しっかり腕をとらえたままだ。

長い廊下を抱かれるようにして歩き、寛人は自室へと戻った。

「やっぱり、会社に帰らないと。ぼくが役員会を欠席するわけには」

強引な沢渡を押し留めようと、そんなことを呟いてみたが、長身の男はなんの反応も示さなかった。

そして室内に足を踏み入れたと同時に、寛人は骨が折れそうなほどの強さで抱きしめられた。

「な、に……？」

予想外のことに、寛人は呆然と目を見開いた。

沢渡は、今まで一度だって、自分のほうから寛人を抱きしめてきたことはない。

誘いかけるのはいつも寛人のほうで、抱いてくれとねだったのも寛人だ。

最後の一夜を除き、沢渡はいつも、ただの義務で寛人の要求に応じていたはずだ。

今になって、こんなふうに抱きしめられるとは思ってもみなかった。

せつなさが胸に迫り、寛人はどっと涙を溢れさせた。

「は、離せっ！　いやだ！　こんなのいやだ！　お、おまえは、なんでこんな時にっ！」

寛人は沢渡の腕から逃れようと、懸命にもがいた。

それでも沢渡の腕の力は少しもゆるまない。それどころか、ますます強く抱きすくめられる。

悔しさと悲しさ、憤り、色々な感情がない交《ま》ぜになって、もう何をしていいかもわからない。

「離しません、寛人様」

「いやだっ……お、おまえなんか、嫌いだ……け、結婚するくせに、どうしてこんなこと」

「寛人様、私は結婚などしません。ですから、どうかお静まりください」

耳に届いた言葉が信じられず、寛人はさらにもがいた。

それでも沢渡の抱擁からは逃げられない。

「で、出ていけと言ったはずだ」

「では、もう一度私を雇《やと》っていただけますか？」

「嘘だっ……どうして？　……だって、おまえは……ぼくを置いていった。ぼくのそばから、いなくなったくせに」

どうあっても逃げられないと知って、寛人は今までとは逆に沢渡にしがみついた。

一度堰を切った涙は、あとからあとから止めどもなく溢れてくる。

沢渡のシャツもネクタイも、忽《たちま》ちの内にぐしょぐしょになった。

こんなに泣き叫んだのは、きっと兄の事故以来だ。もう八年も経って、今はいい大人になったはずなのに、涙は少しも止まらなかった。

「寛人様　私は寛人様以外の方にお仕えする気はありません」

「嘘だ……」

何度くり返されようと、容易《ようい》には沢渡の言葉が信じられない。

沢渡は寛人を抱いたまま、何度も何度も宥めるように同じ言葉を囁いた。

「私は寛人様のおそばにいます。結婚など、誰ともしませんし、する気もありません。私には寛人様だけがすべてですから」

「嘘だ……嘘……」

呆然と呟くと、ようやく少しだけ沢渡の腕の力がゆるむ。

沢渡は寛人の濡れた頬を、指先でそっと拭った。

「こうやって、初めて寛人様をこの腕に抱きしめた時から、私のすべては寛人様のものでした。信じられないでしょうが、本心です」

「あ……」

急に沢渡の口調が諭《さと》すようなものに変わり、寛人は涙に濡れた目を見開いた。

沢渡は真摯に寛人を見つめ返してくる。

「信じてください、寛人様……あの雪の日から、私は寛人様だけしか見てこなかった」

「だって、兄さんは？　佑子さんは、おまえが兄さんを愛していたと……だから、ぼくを兄さんみたいに育てたって」

「佑子の推測などどうでもいい。信じないでください。寛之……様、は親友でした。真面目で優しく、とても勤勉《きんべん》な方だった。あなたの教育係兼執事になった時、私は寛之様の代わりに、あなたを導《みちび》いていこうと思っていました。それに、あなたはずいぶん気にされていたようですが、寛之様に似ているのは当たり前のことです。ご兄弟なのですから……まったく、何をどうしたら、私が寛之様を恋人のように愛していたという話になるのか……」

沢渡はさもいやそうに、眉間に皺をよせている。

執事や秘書でいる時は、いっさい感情を見せなかったのに、今の沢渡は本気で困惑している。

悲しいだけだった胸の奥に、ほっこりと火が灯《とも》った気がした。

「ほんとに、結婚しないのか？　婚約発表が間近だと、ニュースで」

「あの婚約騒ぎは偽装《ぎそう》ですよ。美由紀さんは大学の後輩です。スターホテルの件で力を借りたいと頼まれました。スターホテル側に、こちらは水面下で着々と対抗準備を整えている。そう思わせておくための、ひとつの手段です。一条院節子様からもお口添えがございましたので、断れませんでした」

「だけど、ぼくには何も言ってくれなかった」

「寛人様にご負担をおかけしたくなかった。それだけです」

そんな説明だけで、納得できるはずがない。

もしかしたら沢渡は自分に甘い顔を見せて、裏で何かを企んでいるのではないだろうか。

ふとそんなことを思いついた寛人は、また沸々と怒りが湧いてくるのを感じた。

「どうしておまえはいつも、ぼくに内緒で……内緒で……っ、ぼくがどれだけ落ちこんだか、おまえにわかるはずがない」

「寛人様……」

夢中で沢渡の胸を叩くと、また強く抱きしめられる。

信じてもいいのだろうか。

沢渡の胸はこんなにも温かい。いつだって、自分のそばにいて、守り続けてくれた。そして、これからもそばにいると言ってくれている。

おかしな方向にねじ曲がった関係は、あの雪の日から始まった。

もう一度、あの日に戻ってやり直せたなら、もっと素直になれるだろうか。

寛人は沢渡にしがみついたままで涙に濡れた顔を上げた。

「ぼくは、おまえに謝らなければ……」

「何をです？」

「あの雪の日に、兄さんが死んでから、ずっとおまえを恨み続けていたこと、許してくれ」

「寛人、様……」

沢渡は信じられないことを聞いたかのように目を瞠《みは》った。

「今さら勝手な言い分かもしれないが、あの時のぼくは子供すぎて、兄を失った悲しみをどう堪えていいか、わからなかった。それに、兄を殺したのが自分だなんて、恐ろしくて、恐ろしくて、絶対に認められなかったんだ」

一気に告白すると、沢渡はひどくつらそうに眉根《まゆね》をよせる。

「寛人様……罪の意識に駆られていたのは私も同じです。あの日、事故の知らせを受けて私は病院に駆けつけました。寛之、様はまだ辛うじて意識があって、あなたのことばかり心配していた」

「兄が、ぼくのことを……？　そんな……っ」

「寛之様いえ、寛之は私の手を握りしめて、寛人を頼む。寛人を頼むと、何度もくり返して、とうとう意識がなくなった」

衝撃的な言葉に、寛人は愕然となった。

だが、沢渡がしっかり抱きしめていてくれたので、なんとか泣き崩れずに済む。

寛人は手が白くなるほどの勢いで沢渡のスーツを握りしめ、必死に嗚咽を堪えた。

「あの夜、私はやり場のない思いを抱えて病院から屋敷へ行きました。あなたさえ我が儘を言わなければ、こんな事故にはならなかった。その思いが捨てきれなかったんです。しかし、屋敷で無邪気《むじゃき》なあなたの顔を見たとたん、私は激しい罪の意識にも駆られました。まだ小さいあなたから、お兄様を永遠に失わせてしまった。寛之に、駆け落ちなどという安易《あんい》な道を勧めたのはほかならぬ私だからです。だから、あなたが私を憎むのは当然の結果でした。そして泣き叫ぶあなたを宥めている時、私はやっと寛之の言葉を思いだした。寛之の代わりにあなたを守らなければならない。ずっとそばにいてやらなければならないと、そう思った」

沢渡の声は深い悲しみに満ちていた。

兄を失い、それが自分のせいだと思うと苦しくて、誰かに責任を押しつけずにはいられなかった。けれど、沢渡も、寛人とまったく同じ苦しみを味わっていたのだ。

「私はさっそく一条院の総帥の下《もと》へ赴《おもむ》きました。そして許していただけるなら、ずっと寛人様のそばで仕えたいと申してでたのです」

「え？　それじゃ父の命令じゃなくて、おまえは自分から望んで？」

寛人が訊ねると、沢渡はゆっくち首を縦《たて》に振る。

「私は寛之からあなたのことを託《たく》された。だからあなたのそばにいて、あなたを守る役は、ほかの誰にも譲れなかった。私の中で邪《よこしま》な独占欲《どくせんよく》が芽生えたのも、きっとあの夜のことだろうと思います。最初は間近で眺めているだけで満足していたのですが、おそばで成長を見ているうち……あなたの魅力に屈するようになってしまい」

「沢渡……？」

寛人の心臓は急激に高鳴りだした。

もしかして、との期待が芽生え、息まで苦しくなってくる。

「本当は、あなたを誰の目にも触れさせないように、どこかに閉じこめておきたいくらいです。あなたを傷つける者は誰であろうと許さない」

　呻くような声だった。でも、何故か声には自嘲気味な響きもある。

「どうして……どうして、おまえはそんなに……?」

「わかりませんか? 私には寛人様だけだ。あなたを愛している。ほかに理由など、ない」

　苛立たしげに吐きだされた言葉が、じわりと胸の奥まで染めていく。

「ぼくを……?」

「ええ、そうです。あなただけを愛しています。だから、たとえあなたが私を憎んでおられても、一生おそばにいるつもりです。あなたが私から逃げるなら、どこまでも追いかけてつかまえる」

　沢渡は驚くほど傲慢に言いきった。豹変した沢渡の本音。

　まだ信じられなかった。今まで沢渡は一度だって、そんな素振りを見せなかった。ぼくに愛していると言われても、信じられるはずがない。

　でも限界だった。もう自分の気持ちは隠しておけない。

　寛人は胸の底から溢れてきた思いを、嗚咽混じりで訴えた。

「……好き……っ……お、おまえが好きだ。一生そばにいろ、あ、愛している……っ」

　抱きしめる腕にまた力が込められる。

骨がきしむほどの力は、思いが伝わった証《あかし》だった。

寛人はまた新たな涙をこぼしながら、沢渡にしがみつく。

「寛人……様……あなたを愛している」

沢渡はもう一度真摯に告げて、それからゆっくり寛人の口を塞いだ。


「あ、沢渡……っ、も、いやだ」

寛人はベッドの上で狂ったように身をよじらせた。

思いを伝え、夢中で口づけを交わしているうちに、沢渡が我慢できなくなったように寛人をベッドに運んでしまったのだ。いつもの沢渡らしくもなく、荒々しい愛撫にさらされて、寛人の身体はすぐに燃え上がった。

沢渡は飢《う》えたように寛人の肌に舌を這わせ、もうどうしようもないほど追いつめられている。まるで全身に所有の証を刻まれているかのようだった。

胸の粒は痛いほど硬くなり、下腹でもこれ以上ないほど中心が張りつめている。先端から恥ずかしいほど蜜を滴らせているのに、決定的な刺激だけは貰えずに焦らされていた。

「何が、いやですか？」

敏感な耳に熱い息を吹きこむように沢渡が囁く。

「や、……んっ」

思わず大きく胸を喘がせると、沢渡の口がするりと滑り下りて、今度はやわらかな首筋に歯を立てられた。

「あっ」

噛みつかれそうな勢いに、ずきんとひときわ強い刺激が身体中を駆け巡る。

同時に勃ちきった胸の粒もきゅっとねじられて、寛人は我知らず腰を突き上げた。

「すごいですね、寛人様。こんなに乱れて……今頃、会社では役員会が開かれている頃なのに」

「やっ、お、おまえが、こんな……ああっ」

触れられたのは蜜を溢れさせている先端だった。指でくいっと思わせぶりに押されただけで、目の眩《くら》むような快感が湧き起こる。

けれど沢渡の指は、そのあと後孔まで滑っていく。

「あっ」

窄まりに指を這わされただけで、寛人はまた腰を震わせた。そこはまだ一度も弄られていない。

沢渡とひとつに繋がる場所だ。

「舐めてあげますから、うつ伏せになって腰を上げて」

「やだ、そんな……っ」

寛人は羞恥で首を振った。でも沢渡の手ですぐに四つん這いの体勢をとらされてしまう。あろうことか沢渡の目の前に腰を突きだすような格好だ。何もかも丸見えになっている。寛人が羞恥で身もだえた瞬間、開かされた足の間にぬめった熱い感触が貼《は》りつく。

「ひっ、やだ……っ、うぅっ」

沢渡は両手で寛人の双丘を割り開いて窄まりを剥きだしにし、ねっとりと舌を這わせた。恥ずかしくて死にそうなのに、気持ちがいい。濡れた舌で舐められるたびに、固く閉じた場所が少しずつゆるんでいく。

「やぁ……あ、くふ……うぅ」

沢渡の舌は中まで侵入し、そこがとろとろになるまで何度も出し入れされた。

頭がおかしくなりそうなほど感じてしまう。

必死に荒い息をついていると、ようやく舌での愛撫から解放される。けれど安堵している暇もなく、今度はとろけた場所に指を入れられた。

「ああっ……っ」

寛人の後孔は嬉しげに沢渡の指をのみこんでいく。狭い場所をさらに大きく押し広げるように、ゆるゆると長い指を動かされ、そのたびに寛人はびくびくと震えた。

ぐったりと沢渡のなすがままになっていると、一番弱い場所をくいっと抉られる。

「いやあっ……そ、そこ、いやだ……ああ……っ」

「嘘は駄目ですよ、寛人様。ここが一番気持ちいいはずだ」

沢渡は笑うように言いながら、寛人が反応を示した場所ばかり刺激してくる。

「あ、ああっ……くっ……ああ……」

寛人はひっきりなしに嬌声を上げながら、沢渡の指を締めつけた。

前には触れられていないのに、今にも欲望を噴き上げてしまいそうになる。

「中がずいぶん熱くなりましたね。でも、まだ物欲しそうにとろけてますよ。もっと太いものをくわえたいのでしょう?」

「やっ……」

沢渡は羞恥を誘う言葉を吐きながら指を抜き取った。

次の瞬間には、さらに大きく両足を開かされる。そして指の代わりに火傷《やけど》しそうなほど熱くて硬いものがとろけた場所に擦りつけられた。

双丘を両手でわしづかみにされ、息を整える暇もなく、ぐっと硬い先端を突き挿される。

「ああっ!」

寛人が悲鳴を漏らした瞬間、沢渡の灼熱が一気にねじこまれた。

すごい圧迫感で息が止まる。苦しさのあまり、寛人は激しく首を振った。

「寛人様、さあ、もっと奥までのみこんでください」

もういっぱいなのに、沢渡は容赦がない。これまでの従順さをかなぐり捨てたかのように寛人を奪い尽くすつもりだ。

手のひらで宥めるようにそろりと腰骨を撫でられて、寛人はひくっと喉を上下させた。その瞬間をねらったように、獰猛な沢渡がさらに奥まで突き進む。

「く……ふっ……あ、……」

「いい子ですね。寛人様は本当に覚えがいい……ぎっちりくわえこんで、気持ちがいいですか？」

寛人は息も絶え絶えに首を横に振った。

「それなら、ご自分でも確かめてみますか？」

そう言った沢渡に、必死に握りしめていた手をつかまれる。ぐっとその手を結合部分に導かれ、寛人は泣きそうになった。

「や、……あっ！」

指先に触れたのは沢渡をくわえこんでいる場所だった。信じられないことに、強大な沢渡の灼熱が全部自分の中に入っている。

隙間も何もなく、その場所で繋がっていた。

そのうえ、ゆるゆると自分の指で、そこを撫でさせられる。

「おわかりですか、寛人様？　私たちがしっかり繋がっているのが？」

甘い囁きで、寛人は涙を溢れさせた。

身も心も結び合い、沢渡とひとつになっている。

ゆっくり下から揺さぶられ、寛人はぎゅっと中の熱いものを締め上げた。

「やっ……ああ……っ」

「すごいですね、寛人様……中が熱くとろけて、まとわりついてきますよ」

ぞくりと背筋を震わせた拍子《ひょうし》に、耐えきれないほどの愉悦が噴き上げてくる。

けれど、まだ足りなかった。後ろからでは沢渡に縋ることができない。

「あっ、沢渡……いやっ、も、ま、前から、前からがいい……」

「よろしいですよ。それなら、ちょっと我慢してください」

言葉が終わらないうちに、寛人は繋がったままで身体を起こされた。

「ああっ、く、うう」

座った沢渡に後ろ向きで腰かけるような格好だ。自身の体重がかかり、芯から太いものに犯されてしまう。

「これならご自分でも好きなように動けますよ。寛人様、自分でちゃんと気持ちよくなるように動いてみてください」

「やっ……そんなっ、いやだ……恥ずかしい……っ」

「あなたの淫らなところを見てみたい。さあ、寛人様」

催促《さいそく》するように小刻みに腰を揺らされて、寛人は激しくかぶりを振った。

自ら動くなど、そんな恥ずかしい真似はできない。けれどもっともっと沢渡がほしかった。

沢渡は寛人自身を愛してくれている。だから、もっともっと沢渡を感じたかった。

寛人は沢渡の胸に背中を預けながら、ゆっくり腰を浮かせた。

硬い先端で敏感な壁を擦られる感覚がたまらない。だがずるりとすべてが抜けだす寸前で、沢渡の手に力が入り、下までぐいっと引き下げられる。

「ああっ、やあ――っ」

最奥まで一気に貫かれて寛人は仰け反った。そのうえ沢渡は切っ先で深い場所を抉ったままで力強く腰をまわし始める。

快感が脳天まで突き抜けて、また反動で灼熱の杭を締めつけた。

「やっ、そ、そんなに動く、なっ……あ、くっ」

寛人は仰け反りながら悲鳴を上げた。今にも欲望を噴き上げてしまいそうだ。

「寛人様……かわいいかわいい私の寛人様……もっともっと感じてください」

熱っぽく言った沢渡は、寛人の膝裏にとおした両手で、左右の乳首を同時につまみ上げる。

散々いじられてぷっくり腫《は》れていた先端を刺激され、寛人はまた中の沢渡を締めつけた。

「くっ……うう」

もう限界だった。達きたくて達きたくてたまらない。極限まで張りつめたものは、欲望を吐きだす瞬間だけを待っている。でもあと少しの刺激が足りなかった。

寛人は羞恥も忘れ、自分のものに手を伸ばした。

下から突かれるたびに、自分からも淫らに腰をまわし、そして蜜を溢れさせている中心を自分の手でしごき立てる。

「ああっ……あっ、あ、ふっ……うぅ」

どんなに淫らな姿をしているか、もう気にしている余裕はなかった。

ただ背中から自分を抱き留め、体の奥で一つに繋がっている沢渡の存在だけがすべてだった。

「かわいい寛人様、心から愛してます」

囁かれた刹那、寛人は上りつめた。

「あ……ああ……」

ぎゅっとひときわ強く沢渡を締めつけながら、欲望を噴き上げる。

沢渡も寛人の中で同時に上りつめていた。いちだんと逞しく膨れ上がった瞬間、最奥に熱い飛沫《しぶき》を叩きつけられる。

「寛人様……ずっと離しません。あなたは私だけのものだ」

名前が呼ばれ、背後からしっかりと抱きしめられる。

「あ、沢渡……」

解放の余韻《よいん》でぐったりとなりながら首を後ろに向けると、すぐに唇も塞がれる。

心も身体もすべてが沢渡と繋がっている。

沢渡のすべては寛人のもの。そして寛人のすべても沢渡のものだった。

†

一条院家の執事、沢渡高見は、銀のトレイを片手に規則正しく廊下を歩いた。

トレイの上には紅茶のポットと温めたカップが載せてある。

沢渡は重厚な扉の前で立ち止まり、コツコツとノックした。

この時間、主はまだベッドの中で眠りについている。だから返事を待たずに室内へと足を踏み入れた。

奥のベッドへと向かう間に、ふとテーブルの上の花瓶へと目がいく。淡いピンクの薔薇が活《い》けてあったが、花びらが一枚、落ちていた。

沢渡はつとそのテーブルに近づいて、花びらをつまみ上げた。そうして何食わぬ顔でポケットの中に落としこむ。それから窓際まで移動して、天鵞絨《ビロード》のカーテンを開けた。

朝の静謐《せいひつ》な光が室内を照らすなかで、沢渡はベッドサイドの小さなテーブルに紅茶のトレイを載せた。

これから、いよいよ毎朝の儀式が始まる。

「寛人様、お目覚めのお時間です」

「……う、う……」

一度声をかけたくらいで、主は目覚めない。

羽根枕に形のよい小さな頭を沈め、羽毛の肌掛けからは細い腕がはみだしている。

無防備な寝姿をしばし堪能し、再度主に声をかける。

「寛人様、お時間です。起きてください」

「ん……っ」

主は鼻声だけを漏らし、狸寝入り《たぬきねい》りを続けた。

そう、主はもう目覚めているはずだ。二度声をかけて、それを無視すれば、三度目は沢渡が実力行使に出ることをよく知っているのだ。

「寛人様、遅刻なさいます。早く起きてください」

沢渡はくすりと笑いそうになるのを堪え、断固とした声とともに、肌掛けをつかんだ。

さっと足元まで容赦なくめくってやると、主は思いきり不機嫌そうににらみつけてくる。

「……な、にをする？　いきなり布団を剥ぐとは失礼だろう。何度も同じことを言わせるな。それにまだ眠いんだ」

「さあ、寛人様。おふざけはそのぐらいにしてください」

「まったく、おまえはどうしてそう気が利かないんだ？　眠り姫を起こすのは王子様のキスだと決まっている。それぐらい気を利かせろ」

主はきれいな顔には似合わない、厳しい声音《こわね》で要求した。

一瞬、心が動く。

骨が折れるほどの勢いで、細い身体を抱きしめ、有無を言わさず思い切り口づけたくなった。

だが沢渡は鉄の意志で、その衝動を抑えこむ。

「寛人様、一条院の総帥ともあろうお方が、何を言いだす気ですか？　お姫様になりたいという望みを持っておられるとは、さすがの私も見抜けませんでした」

「そうじゃない。ぼくが言いたいのは」

主はむきになって言い募ってくる。

その顔のかわいいこと。間近で見ていると、目眩までしてきそうだった。

「さあ、目覚めの紅茶をどうぞ」

カップに注いだ紅茶を差しだすと、主はふるふるとかぶりを振る。

「キスしろ。キスが先だ」

かわいらしく我が儘な要求に、沢渡は思わずまぶたを伏せた。

この誘惑から逃れるすべはない。

ためらいを振り切って、にっこりと主に微笑みかける。

そうして沢渡は、薔薇の花びらのような唇にそっと口づけた。

「んっ」

主はあえかな吐息を漏らし、唇を離したあとで、満足そうにふわりと微笑む。

本当に難儀《なんぎ》なことだ。

沢渡は心の中でぼやきつつ、ようやく主に紅茶のカップを手渡した。

一条院家の朝の儀式に、新しい要素が加わる。

至福のひと時——。

それは、一条院家の執事にとって、新たな受難《じゅなん》の始まりでもあった。

—— 了 ——

あとがき

『滴《した》る蜜夜の純情』をお手に取っていただき、ありがとうございます。

もえぎ文庫六冊目となります本書は「財閥《ざいばつ》系の主従《しゅじゅう》もの」です。

作者は、美しくて気位の高い受けをこよなく愛しております。ひたすら忠実に、主《あるじ》に仕える攻めも大好き。なので、今回は本当に楽しく書かせていただきました。このシチュエーションだと、言葉責めなんかも全開でいけますからね。最後まで丁寧語《ていねいご》で、しかも隠《かく》れドS的な部分も垣間見《かいまみ》える。翻弄《ほんろう》される寛人がちょっと可哀想《かわいそう》になりますが、沢渡はきっと生涯《しょうがい》この調子で主を愛しまくることでしょう。読者様にも、その辺、楽しんでいただければ、作者としても嬉しいのですが。

イラストはサマミヤアカザ先生にお願いしました。とても魅力的なキャラを描いていただき、うっとりしております。本当にありがとうございました。

多大なご苦労をおかけした担当様をはじめ、編集部の皆様、本書の制作に携《たずさ》わっていただいたすべての方にも感謝いたしております。

そして本書をお読み下さった読者様、本当にありがとうございました。ご感想やリクエストなど、お待ちしておりますので、ぜひよろしくお願いいたします。

秋山みち花　拝

もえぎ文庫をお買い上げ頂き、ありがとうございます。
この作品を読んでのご意見・ご感想をお待ちしております。

【宛先】〒141-8510　東京都品川区西五反田2-11-8-17F
（株）学研パブリッシング「もえぎ文庫編集部」

滴る蜜夜の純情

著者：秋山みち花　イラスト：サマミヤアカザ

2010年11月30日初版発行

発行人　土屋俊介
編集人　脇谷典利
総括編集長　近藤一彦
編集　寺澤　郁

発行所　株式会社　学研パブリッシング
〒141-8510　東京都品川区西五反田2-11-8

発売元　株式会社　学研マーケティング
〒141-8510　東京都品川区西五反田2-11-8

企画編集　ひまわり編集事務所
本文デザイン　企画室ミクロ
印刷・製本　図書印刷株式会社

★ご購入・ご注文はお近くの書店にお願い致します。

★この本に関するお問い合わせは、次のところにお願い致します。
●編集内容については〔編集部直通〕03-6431-1499
●不良品（乱丁・落丁）については〔販売部直通〕03-6431-1201

★学研の商品についてのお問い合わせは「学研お客様センター」へお願い致します。
〒141-8510　東京都品川区西五反田2-11-8
電話　03-6431-1002

●もえぎ文庫のホームページ　http://gakken-publishing.jp/moegi/